中公文庫

元禄お犬姫

諸田玲子

中央公論新社

目次

元禄お犬姫

序　お犬姫見参

四谷《よつや》の大木戸《おおきど》をこえて伝馬町《てんまちょう》をぬければ、江戸城の外濠《そとぼり》につきあたる。左へ折れ、満々と水をたたえた濠にそって北へむかう。牛込御門《うしごめごもん》を横目で見ながらしばらく行くと江戸川だ。橋を渡り、片側に武家屋敷がつらなる川沿いの道を左へ進む。

秋もたけなわ。川原では葦《あし》が涼風にたなびいて、嫁菜《よめな》や赤まんま、彼岸花《ひがんばな》など彩りもちらほら。武家屋敷の塀越しに舞い散ったか、かなたの雑木林から運ばれてきたのか、色づいた落葉が川面をゆるやかに流れてゆく。

「母《かあ》さま。お疲れになられましたでしょう」

知世《ともよ》はかたわらの母に声をかけた。

母の佐知《さち》は四つ手駕籠《よでかご》にゆられていた。肌は青白く、綱をにぎる指もか細いが、背すじをしゃんと伸ばして、武家女らしく平静な顔をしている。

「そなたたちこそ歩きつづけで……足が痛みはしませんか」

「わたくしたち、歩くのは馴れていますから。ねえ、善次郎《ぜんじろう》」

島田髷《しまだまげ》を結い、藍色の木綿小袖の裾を短めに着た知世は、母ゆずりの涼やかな目元とふっくらした口元をした娘である。ただし日焼けをしているので、肌の色だけは母とちがって浅黒い。気性も男勝りで天真爛漫。

「このくらい、へいちゃらサ。けど……せめて権太《ごんた》だけでもつれてきたかったなぁ」

不服そうに頬をふくらませた男子《おのこ》は、少し遅れて、砂を蹴《け》とばしながら歩いていた。元服前の前髪立《まえがみだて》、小袖に裁着袴《たっつけばかま》、知世の四つちがいの弟、十三になる善次郎である。

「父さまもおっしゃったでしょ、町の人たちに迷惑をかけるから、お犬はだめだって」

「ちゃんと世話をするよ。迷惑なんかかけないってば」

「だめだめ、お犬のほうが迷惑よ」

「いじめるやつなんかいないさ。お犬さまをいじめたら首がとぶ」

「だからだめだといってるの。いいこと。拾ってくるのもなし、わかったわね」

姉弟がいいあっている横で、エッホエイホと駕籠かきが規則正しく駆けている。

と、そのとき、先頭を歩いていた老武士が血相を変えてふりかえった。

「お、お犬駕籠だ。こりゃまずいぞ。おーい、みんな脇へ脇へ」

老武士は森橋善右衛門《もりはしぜんえもん》という。知世と善次郎の祖父だ。隠居の身だが、剣をもったらまだ若い者には負けぬと自負している。剛《ごう》の者らしく白髪痩身の、頑固一徹な風貌である。

前方の辻から曲がりこんできたのは、御番所の役人らしき武士と中間《ちゅうげん》の総勢七、八人の一行だった。中間が前後になって担ぐ二本の棒には板がとりつけられ、その上に輿《こし》ならぬ竹の籠《かご》が鎮座している。お犬駕籠はこの数年、目にしない日はないほど江戸市中にあふれていた。

ここは一本道である。道端へよけきる前に怒声がふってきた。

「なにをしておるッ。早うよけぬか。お犬さまのお通りなるぞ」

籠の中で犬が吠《ほ》えたてる。その声にさそわれたか、橋の下の暗がりからもう一匹、子供が両手をひろげたほどの大きさの犬が跳びだしてきた。背中の毛がぬけおちて泥がこびりついているところをみると野犬だろう。猛り狂ったように吠えながらお犬駕籠めがけて突進する犬のあとを、網と竹ぼうきのようなものを手にした中間と、犬を入れる竹の籠をかかえた武士が、あわてふためいて追いかけてくる。

「おい、待てッ、いや、お待ちくだされッ」

「うわッ、なんだこりゃ」「あっちへ行け」「た、助けてくれーッ」

犬の入った籠が道端にころがった。男たちが逃げまどう中をお犬駕籠の内と外とで二匹の犬が吠えかかり、うなり合って、闘志をむきだしにしている。

知世たちは道端で神妙にうずくまっていた。

「生類憐み《しょうるいあわれみ》」という言葉が流布するようになったのは十四、五年前からだ。取り締まりが強化されるにつれて犬を飼う者が減ってゆき、そのせいでかえって野犬が増えて、わがもの顔でのし歩くようになった。幕府は四谷や大久保に野犬を収容する犬小屋をつくったものの、すぐ満杯になってしまい、五年前、郊外の中野村に大規模なお犬小屋「御囲《おかこい》」を築造した。十万匹以上の犬を収容する御囲の敷地はなんと二十九万余坪にもおよぶ。

そんなわけで、野犬を捕らえてはお犬駕籠で御囲へ運ぶ光景がそこかしこで見られるようになった。むろん気の荒い野犬が聞き分けよく籠へ入ってくれるはずもないから、なだめすかし、怪我をさせないよう万全の注意をはらってお入りいただく。人と犬が追いかけっこをする場面も日常茶飯事になっている。

「あの犬、お腹を空《す》かせているようですね。知世、これを……」

母は袂《たもと》から経木《きょうぎ》の包みを取りだした。道中、子供たちに余分に食べさせようとしたのに、知世も善次郎もうけとらなかったにぎり飯である。

「これは母さまの分ですよ」

「寓居はすぐそこ、もう食べる間はありませぬ。さ、早う……」

知世は包みをうけとった。お犬駕籠のまわりを跳びはねて吠えたてている野犬のほうへ恐れげもなく近づいてゆく。

「なんだ、おまえは……なにをする気だ」

「おい、娘。近づいてはならぬ。咬《か》みつかれても知らぬぞ」

武士や中間はあっけにとられ、口々に引き止めようとした。が、野犬が恐ろしいのか、腕ずくで止める者はいない。あとずさりしながら遠巻きに眺めている。

「ご老人。なにゆえ止めぬ」

武士の一人が善右衛門に非難の目をむけてきた。

「心配ご無用。わが孫娘におまかせあれ」

そうしているあいだにも、知世は野犬に近づき、おもむろにしゃがみこんだ。野犬は知世に体をむけて低くかまえ、ウーッとうなる。今しも跳びかかるかに見えたが、知世は落ちつきはらって経木をひらき、にぎり飯を犬のほうへ押しやった。

「かわいそうに。なにも食べていないのでしょう。さ、お食べなさい」

犬は用心深く匂いを嗅ぎながらにぎり飯に近づいた、と、おもうや、貪《むさぼ》り食らう。

「そんなにあわてると喉につまりますよ」

知世は逃げも退きもしなかった。小声で話しかけながらじっと犬の目を見つめている。犬が食べ終えても視線をそらさず、片手を伸ばしてトントンと地面を叩いた。

「さ、おいで。いい子だから、いらっしゃい」

犬はしっぽをゆるやかにふり、鼻をひくつかせながら近づいてくる。と、知世の指の匂いを嗅ぎ、ぺろぺろ舐《な》めはじめた。安心したようだ。地面に横たわった犬の腹を、知世はやさしくなでてやる。

この間に祖父は、武士に合図をして少し離れたところへ籠を置かせ、これまで出番がなかった干鰯《ほしか》を中間のふところから取りあげた。知世に手渡す。知世がその干鰯をつかって手妻《てづま》のように犬を籠へ導くと、男たちのあいだから感嘆の声がもれた。

「おう、さすがは噂に高いお犬姫ッ」

辻の方角から、ひときわ大きな声がした。お犬駕籠が曲がってきた方角とは反対の橋のほうから、ある者は竹刀《しない》をつかみ、ある者は肩に担いだ野袴《のばかま》姿の男たちの一団がこちらへ歩いてくる。野犬を捕らえるのに夢中で気づかなかったが、男たちは足を止めて眺めていたらしい。

「これは堀内《ほりうち》先生……こたびは厄介をおかけいたす」

知世の祖父がいち早く進み出て一礼した。

一団は十数人。中でもいちばん大柄な、最年長とおもわれる男が堀内先生か。大声をあげた男である。

「兄弟子に先生といわれるのはこそばゆいのう」

「兄弟子はかんべんしてくだされ。はるか昔のことゆえ、こちらこそ恐縮の極み」

「ともあれご隠居、よきところで会うた。お犬姫のお手並みも拝見できたしのう」

「犬のあつかいだけは、たしかに。おかげで嫁《い》き遅れにならねばよいが……」

祖父に目くばせをされて、知世も先生に辞儀をした。弟も頭を下げる。駕籠から降りようとした母に気づくや、先生は「そのままそのまま」と片手をあげながら駕籠のところまで行き、片膝をついて自分から挨拶をした。

「森橋弾正右衛門《だんじょうえもん》さまの奥方にあられるか。ようお越しくださった。拙者が堀内源左衛門《げんざえもん》にござる。むくつけき者ばかり、人の出入りが多く騒がしき家なれど、昼夜問わずお犬さまが啼《な》きたてる御囲よりは多少ましにござろう。気がねはいらぬゆえ、ゆるりとご養生くだされ」

「おかげさまで助かりました。なにとぞ、よろしゅうお願い申し上げます」

「さて、道端で話しておってもはじまらぬ。われらは出稽古の帰りでの、ご一行も長旅、お疲れにござろう。さあ、参ろう」

堀内先生にうながされて、祖父が駕籠かきに合図をする。弟子の一行にかこまれて知世たちが先へ進もうとすると、反対方向へ進みだそうとしていたお犬駕籠の一行から、最初に怒声をあびせた御番所の役人が駆けてきた。

「先生。お犬姫と仰せられたが、こちらは……」

堀内先生は名の知れた剣術指南、さっきまでとはうってかわって丁重な口調である。

「なんじゃ、栗山さまにござったか。森橋家は代々、御鷹御犬索《おたかおいぬさく》のお家柄なれど、今はご当主が中野の御囲におられての、奥方のご養生のために、わが家の離れをお使いいただくことになったのよ」

これも「生類憐み」の一環だった。鷹狩が廃止されたので、鷹匠やお鳥見は仕事がなくなった。鷹狩の際につかう犬を養育したり訓練したりする御犬索も例外ではない。森橋家は寄合番に編入され、犬小屋支配に任じられて中野の御囲へ一家で移った。が、今まで犬にかこまれていたとはいえ、何万もの犬に二六時中、吠えたてられては、健常な者でも頭痛や不眠に悩まされる。知世の母は不眠のあげく食欲も失《う》せ、体調をくずしてしまった。そこで父と兄を御囲へ残して、知世と母、祖父、それに弟は、祖父の昔のよしみを頼り、小石川の竜門寺《りゅうもんじ》門前町にある堀内家の離れを借りて住むことにした。

「なるほど。そういうことにございましたか。して……」

「こちらの娘御は知世どのと申される。拙者は童女のころに会うたきりだが、野犬猛犬なんでも手なずけてしまうと評判の娘御じゃ。皆からお犬姫と呼ばれておるそうな」

役人たちの視線が自分にむけられたので、知世は頰を赤らめる。

栗山は知世に改めて礼を述べた。

「礼など無用にございます」

知世が生まれ育ったのは、千駄木《せんだぎ》の御鷹匠《おたかじょう》屋敷の一角にある御犬索の組屋敷だ。子犬に餌《えさ》をやったり、近くの河原や雑木林へつれだして遊んだり……幼いころから犬たちとたわむれてきた。特別なことをしたとはおもっていない。

「さすれば、われらはこれにて」

お犬駕籠の一行は去ってゆく。堀内先生と弟子たちも知世の母の駕籠をかこんで反対方向へ歩きはじめた。けれど知世は、弟子の中に一人、動こうとせずに遠ざかるお犬駕籠を見送っている若者がいることに気づいた。

知世だけではない。善右衛門も足を止めて若者を見る。

「真之介《しんのすけ》。早う来んか」といいながらふりむいた堀内先生は、善右衛門の視線に気づくと弟子たちを先に行かせ、知世と祖父のところへもどってきた。

「そうか。ご隠居は真之介をご存じか」

「真之介……もしや、河合《かわい》どのの……」

「いかにも、河合どののご嫡男よ。ご隠居は河合どのとよう競い合うておられたのう。今や真之介も父に負けぬ腕になった。代稽古《だいげいこ》もしておるゆえ手合わせをしてやってくれ」

「こちらはもう老いぼれ、相手にはならぬわ」

謙遜しながらも、善右衛門は真之介に親しみのこもった目をむける。

「まだほんの童子だったゆえ覚えておらぬやもしれぬが、河合どのとは好敵手での、ご自宅へもうかごうたことがある。それは心映えの良きお人にて……」

「父は、亡《の》うなりました」

「なんと、それは……」

「まぁまぁ、話は着いてからだ。妹のお静《しず》も待ちわびておろう」

先生にうながされて善右衛門は肩を並べて歩きはじめた。つづいて河合真之介、半歩遅れて知世があとを追いかける。

真之介は二十歳前後。竹刀を無造作につかんでいた。中肉中背で目鼻立ちはととのっているものの月代《さかやき》が伸びかけ、小袖も野袴もくたびれて土埃《つちぼこり》にまみれている。

父親を亡くした、といっていた。武家の嫡男なら家督を継いでいるはずで、そうでないところをみると浪人か。なにか事情がありそうだ。そうおもえば、横顔に翳りのようなものが感じられる。

「河合さまはお犬がお好きにございますか」

知世はおもわず声をかけていた。お犬駕籠を見つめていた若者のまなざしがまぶたに焼きついている。見知らぬ土地へ引っ越してきたことや、早々に犬の捕獲でひと役買ったことなど、気分が高揚していたせいもあったのか、でなければ、いくら人怖《ひとお》じしない知世でも、自分から若侍に話しかけたりはしない。

案の定、真之介は、驚いたように知世を見た。

「御囲からきたお犬姫か……」

つぶやいた声は平坦で、その顔にもとりたてて感情の動きは見えない。が、真之介はひとこと吐き捨てて、足早に遠ざかってしまった。

「犬は、嫌いだ」

第一話　盗賊お犬党

一

下駄の歯になにかがコツンと当たった。

白々明けの時刻とはいえ、まだうっすらと霧のとばりが残っている。小石か、と身をかがめて、知世は一寸ほどの紅褐色の丸い実を拾いあげた。

なんの実かおもいだせない。庭の木立を見まわしたところであッと目をみはる。

木立のあいだから見知らぬ武士の顔が覗《のぞ》いていた。裏木戸から入ってきたのだろう。白髪と目元口元のシワは知世の祖父と同年輩、もしくは少し上か。小柄な体は姿勢がよく、顔つきもひきしまって、見るからに機敏そうだ。

「そいつは椿《つばき》じゃよ」

見知らぬ武士は視線を動かした。その先にはつややかな緑の葉をつけた、知世の背丈ほどの樹木があった。椿なら千駄木にいたときにも雑木林で見ている。

「庭に椿とは、めずらしゅうございますね」

椿は花がぽとりと落ちるため縁起がわるいと、組屋敷では忌み嫌われていた。

「ここの先生は変わり者での、老いぼれた姿をさらすより首がすっぱり落ちたほうが潔いと、わざわざ植えさせたそうな」

「まあ、さようでしたか」

「風変わりだが、実にふところが深い。剣術の腕が当代一なのはむろんとして、強いだけではこれほどの人は集まらぬ」

堀内道場が江戸でいちばんの人気だということは、ここへ来る前から聞いていた。昨日、道で出会ったときも先生は大勢の弟子を引きつれていたし、あのあと堀内家へ着いたら稽古場は人であふれていた。先生はそのまま道場へ入ってしまい、知世たちも旅の疲れが出て早々と床に就いてしまったので、先生とゆっくり話をする暇はなかった。

「お静どのには会うたか」

「はい。昨夜も今朝も、なにからなにまでお気づかいくださいました」

「ハッハッハッ。先生も妹御には頭が上がらぬ。まさに女弁慶……とっとっと、いうてはならぬぞ。神田上水へ放りこまれる」

老武士は知世のそばへやってきた。

「おまえさんがお犬姫か」

「わたくしは森橋善右衛門の孫娘、知世と申します」

「わが家中《かちゅう》には先生の弟子が何人かおっての、昨日も同道しておった。立慶橋《りゅうけいばし》の近くでお犬姫の手柄を目にしたそうじゃ」

「手柄といわれるほどのことではありません。それより、ご家中とは……」

「いかんいかん。まだ名乗っておらなんだの。赤穂浅野《あこうあさの》家の隠居、堀部弥兵衛《ほりべやへえ》」

「堀部さまは、いつも、こんなに朝早うから道場へいらっしゃるのですか」

「そうばかりでもないが……うむ、今朝、鉄砲洲《てっぽうず》の上屋敷を出たときはまだ真っ暗じゃった。人があふれる前に、おまえさんの爺さまに挨拶しようとおもうての」

知世の祖父の昔なじみは、堀内先生だけではないらしい。

善右衛門は離れにいるかと訊《き》かれて、知世は首を横にふった。

「祖父は朝いちばんに道場へ参りました。老いてなまくらになったなどと皆から笑われとうないとはりきっております」

堀部弥兵衛はもう一度ワハハと笑った。笑うと一変、愛嬌のある顔になる。

「ではわしもひとつ、手合わせを願うとするか」

稽古場のほうへ歩き去る弥兵衛を、知世は辞儀をして見送った。

今一度、椿の実を見つめる。この実はそろばんの玉になると聞いたことがあった。種から採った油は、つややかで香りもよいと、母は髪をととのえるときに使っている。知っていたのに、ぽとりと落ちる花と結びつけて考えたことはなかった。

掌中の実がなにやら重みを増したようにも……。

知世は袂へすべりこませる。

知世と母、弟、祖父の四人が離れを借りることになった堀内源左衛門の剣術稽古場を兼ねた住まいは、江戸城の北西、小石川の竜門寺《りゅうもんじ》門前町にある。

竜門寺は金杉天神社《かなすぎてんじんしゃ》(通称は牛天神)の別当で、本殿は寺のかたわらの鳥居をくぐって急な石段を上がった小高い台地にあった。石段は裏にもあるが、こちらには牛坂と呼ばれる坂もあって、その坂の上り口に牛天神のいわれとなった牛石が祀られている。

門前町はこの台地の片側のふもとに貼りつくかたちで、表門と裏門のあいだに細長く延びていた。表通り沿いには提灯や下駄、数珠《じゅず》などを商う店がつらなる二階長屋が立ち並び、台地の側にはしもたや風の小家《こいえ》やいわくありげな隠宅、医師や豪商の別荘、かとおもえば浪人者の吹き溜まりのような棟割長屋《むねわりながや》など、雑多な住まいが混在している。

堀内家は台地側の、裏門の脇の路地を入ったところに百二、三十坪の屋敷をかまえていた。というとごたいそうな家のようだが、表の半分は剣術稽古場、裏半分は堀内先生の住まいの他、井戸、土蔵、稲荷《いなり》、裏木戸につづく庭――雑木が植えられているだけ――の片隅に離れが、いずれも実用一辺倒の、風雅のかけらもない簡素な姿をさらけだしている。

もっとも、丸太と板を組んだ上に茅葺《かやぶき》屋根をのせただけの離れも、中へ入れば床は磨きこまれ、座敷は塵《ちり》ひとつなく掃き清められていた。堀内先生には年子の妹がいる。お静というこの妹が下男下女に目を光らせ、堀内家の奥を取りしきっていた。

「兄ときたら、来るものは拒まず。ですから浪人衆が入りびたって、埃は立つわ酒くさいわで……森橋さまご一家に住んでいただけて、実は大助かりです」

大兵《だいひょう》の先生に負けず劣らず大柄なお静は、立て付けのわるい戸を開け閉《た》てするコツから雨漏りのする箇所、火の始末の仕方まで一気にまくしたて、母屋へ帰ってゆくときはおもむろに懐紙を出して、これみよがしに善次郎がもちこんだ砂をぬぐった。

「あれでお静とはのう、静御前がおったまげるわ」

善右衛門も先生に妹がいることまでは知らなかったようで、大仰《おおぎょう》に眉をひそめる。

中野では、何万匹もの犬の啼き声が終日、怒濤のように聞こえていた。どんなに犬を愛してやまない知世でも、あのすさまじさには閉口したものだ。静かすぎて眠れないや……などとごねていた善次郎でさえ、昨晩は真っ先に寝息をたてはじめたくらいだから、不眠と食欲不振に悩まされていた母も安堵しているにちがいない。

「どうじゃ、お犬姫、お母上の容態は……」

数日後の朝、井戸端で顔を洗っていると、堀内先生と鉢合わせをした。

善右衛門は引っ越した翌日、先生や弥兵衛老人と一献かたむけ、長々と話しこんでいたが、知世は道中で出会ったあのとき以来である。

「おかげさまで頭痛も吐き気もおさまってきたようで、今朝も熟睡できたとよろこんでおりました。ただ、中野の父や兄に不便をかけることが心苦しいと……」

「お父上はよきご妻女がおってよいのう」

「先生にはお静さまがおられます」

大真面目な顔でいうと、先生は苦笑した。

「それが厄介なのじゃ。これだけ弟子がおるのだ、だれぞ、もろうてはくれぬかと願うておるのだが……そうか、試合に勝った者の褒美とするか」

むろん冗談だろう。お静は若く見えるが五十を過ぎている。

「お静さまのおかげて、母もわたくしも心強うございます」

「あいつは他人の世話をやくのが死ぬほど好きな女子《おなご》での。それもガミガミいいながら世話をやくゆえ、弟子どもは尻尾を巻いて逃げてしまうのよ」

浪人など堀内家に寄宿していた者は今、町内の長屋に住んでいるという。先生もお静も口にはしないが、知世たち一家のために退去させられたのかもしれない。

「先日のお侍さま……河合真之介さまとやらいうお人も、こちらに寄宿していたのではありませんか。迷惑そうなお顔でわたくしたちを見ておられましたから」

「父親が亡うなってから、しばらくは当家へ身を寄せていた。だがなにかと気づまりだろうと、今はすぐそこの、裏路地の棟割長屋に住まわせておる」

先生はじゃぶじゃぶと顔を洗った。手拭《てぬぐ》いで顔を拭きかけたが、知世がまだそこにいることに気づいて話をつづける。

「ご隠居はなにもいわなんだか」

「はい。なにも」

「真之介の父親は昔、わしやご隠居、堀部のご老人と共に剣術に励んでおった。詳しい事情は知らぬが、数年前、家中の者が粗相をしでかしたとかでの、河合どのは責を負うてご切腹、河合家は改易《かいえき》となった」

「まあ、さようなことがあったのですか」

「他ならぬ河合どのの倅《せがれ》だ、仕官先をみつけてやろうとおもうておるのだが……」

巷《ちまた》には浪人があふれていた。剣術の腕が立つからといって、そうそう簡単に仕官口はみつからない。しかも真之介自身は、仕官に消極的だという。

「先日もようやく話がつきかけたのだが、別の者に譲ってくれと……」

日雇《ひやとい》や用心棒をしながら、先生の代稽古をして糊口《ここう》をしのいでいる。

もっとも先生は、真之介だけでなく、自分を頼ってきた若者に住まいを与え、当座の面倒をみてやり、腕が立つ者には仕事の口を世話してやっていた。面倒見がよいのは妹のお静だけではないようだ。道場がにぎわっているのは、剣術の腕はむろんとして、先生の人徳によるところも大だろう。

先生は手拭いを腰帯にたばさむと、大きな伸びをした。

「お、そうそう。昨日、金杉稲荷で善次郎を見かけたぞ」

みすぼらしい身なりをした子供たちに取りかこまれていたという。

「引っ越して間もないというのに遊んでばかり……母が心配しております。いっしょにいたのはどこの子供たちでしょう」

「見たことのない顔であったの。稲荷の裏長屋に越してきた子らではないか」

金杉稲荷の裏にも棟割長屋が並んでいて、稲荷参りの人々を当てにした絵馬売りや笛売り、願人《がんにん》坊主などが住んでいる。小石川界隈《かいわい》は武家屋敷が多く渡り徒士《かち》も多数いるが、長屋には徒士の妻子も住んでいて、こちらはしょっちゅう入れ替わっているという。先生の臆測によれば、善次郎といたのは渡り徒士の子供たちのようだ。

「御囲ではお犬の小屋に入りびたっておりました。それゆえ父は先行きを案じ、勉学にも剣術の稽古にも励むようにとこちらへ同行させたのです」

「そうか。よし。早速、真之介に稽古をつけさせよう」

「よろしゅうお願いいたします」

先生に辞儀をして、知世は離れへ帰って行った。

二

十一月の酉《とり》の市が終わって師走《しわす》に入ると、江戸は年の瀬にむかって一気にあわただしくなる。十三日は江戸城の将軍家から路地裏の長屋まで煤払《すすはら》いをするのが慣例で……となれば堀内家でも、なにごとも手をぬかないお静の指揮のもと、家人総出で上を下への大騒ぎとなった。

鉢巻に襷《たすき》掛《が》け、煤竹《すすだけ》で稽古場の天井の煤を払い、板床を這《は》いまわって雑巾《ぞうきん》がけをしているのは、堀内先生の弟子の中でも主のいない浪人たちだ。

「皆さま。お疲れさまにございます。先生が帰りに助惣焼《すけそうやき》を買うてくださったそうで、お手を休めてお召し上がりください」

名物の菓子を持ってゆくと、弟子たちがいっせいに知世のまわりへ集まってきた。

「おーい、お犬姫さまが助惣焼をくださったぞ」

「あ、わたくしはお持ちしただけです」

「おう、助惣焼か」「ちょうど小腹が空いたところよ」「お犬姫さま、いただくぞ」

四方から手が伸びて、経木はあっという間に空《から》になる。引っ越してくる道での武勇伝がひろまっているせいで、知世は先生からも弟子たちからも親しみをこめてお犬姫と呼ばれていた。

道場を覗くたびに知世は真之介の姿を捜している。ここではまだ話をしたことがなかった。なぜか気にかかるのは、先生から父親の切腹、改易の話を聞いたからか。

真之介の姿はなかった。

離れへもどると、祖父が馴れない手つきで煤竹を使っていた。襷掛けに頬被《ほおかぶ》り、野袴の裾をたくしあげて痩せた脛をさらけだした姿は、武家の隠居とはおもえない。

「お祖父《じい》さまったら、そのようなこと、なさらなくても……」

「わたくしもお止めしたのです。なれど、いいから手を出すなと……」

座敷の一隅に座って行灯《あんどん》の汚れを拭きとっていた母が口をはさんだ。

「なぁにこれしき。役立たずとはいわせぬぞ。まったく、無礼千万ッ」

「井戸端でお静さまとばったり会うたそうです」

母は笑いを噛み殺している。お静に煤払いをすませたかと訊かれたのだろう。煤払いは男の仕事、あからさまではないにしろ、なにをぐずぐずしているのかと押しまくられて、祖父はむっとしたにちがいない。

「善次郎はどこですか」

「今しがたまで拭き掃除をしていましたよ。あら、いつのまに……」

「女弁慶が猫の手も借りたがっておったゆえ、掃除をさせられておるやもしれぬぞ」

善右衛門が不機嫌な顔でいったので、知世と母は噴きだした。


ようやくひと息ついたのは夕暮れどきだった。

武家や大店《おおだな》では、煤払いのあと、助っ人に駆けつけてくれた人々や奉公人に蕎麦《そば》をふるまい、近隣にもくばって歩くのがならいだ。が、借家住まいの知世たちは家族四人で蕎麦を食べるだけだから、たいして仕度はいらない。

「母さま。忘れておりました。ちょっと出かけてきます」

知世は手拭いを手にして裏木戸を出た。

竜門寺門前町の北の端、牛天神へつづく牛坂の上り口に置かれている牛石は、牛一頭が寝ているようなかたちの巨石で、大昔、源《みなもとの》頼朝《よりとも》が旅の途上、この石に腰を掛けたという伝承がある。そのときに見た夢が実現したことから、願いを叶えてくれる牛神様として信仰を集めていた。

牛石をなでて願《がん》を掛けるのは知世の日課。

西の空は茜色《あかねいろ》に染まって、武家屋敷の瓦屋根が残光にきらめいていた。多数の手にでられた牛石も黒く艶《つや》めき、夕陽を浴びた牛の頭から胸元がひときわ神々しく見える。日中は往来もあり、牛天神を詣《もう》でた足で願掛けに立ちよる人も多数見かけるものの、暮れどきの今、煤払いの日でもあったせいか、あたりに人影はなかった。

牛石にふれようとしたときだ。くぐもった声が聞こえた。

牛神様がわたくしに――。

知世は手拭いを持つ手を宙に浮かせたまま棒立ちになる。

するともう一度、今度ははっきりと女とわかる声がした。牛石ではなく、背後の崖下から聞こえてくる。

「すみません。お手を、貸して、いただけませんか」

イタタッと声がもれたのは、怪我をしているのか。

牛石の背後には葦垣《あしがき》がめぐらせてあった。切通《きりどおし》になっていて子供がよく落ちて怪我をするので垣根をもうけたと聞いている。なぜそんなところにいるのかはともかく、垣根の一部がはずされているから、そこからころげ落ちたのだろう。

「どうなさったのですか」

知世は牛石のうしろへまわりこんで、葦垣のむこうを覗いた。

若くはないが年配というには間のある女が、足を不自然に曲げたまま斜面に座りこんでいた。暗がりなので顔はよく見えないが、武家風の結髪に地味な小袖を着ている。

「お手を……わたくしの手をつかめますか」

しゃがんで手を差し伸べると、女は泥まみれの手で知世の手をつかんだ。女は足に力が入らないのか、引き上げれば知世までいっしょにころげてしまいそうだ。

「人を呼んできます。道場にはまだ煤払いをしていた人たちがいるはずですから」

「道場……堀内道場のお人ですか」

「はい。離れをお借りしています」

女は知世の手をつかんだまま、しばらく思案しているようだった。

「では、亭主を、呼んできてもらえませんか。家はそこの裏路地です」

道場の男たちでは恥ずかしいのだろうと知世はおもった。女の家は竜門寺門前町の裏手にあるという。先生が弟子の浪人を住まわせている棟割長屋のとなりの一軒家らしい。

「わたくしは香苗《かなえ》と申します。夫は……辻井《つじい》、哉太郎《やたろう》」

「では香苗さま、お待ちください。すぐに呼んで参ります」

知世は小走りに駆けだしていた。堀内家の裏木戸を素通りして竜門寺の方角へ急ぐ。香苗の家は、小体《こてい》ながらも庭のある凝《こ》った造りの一軒家だった。が、いかにせん古ぼけている。このあたりに多いと聞く大店の妾宅ででもあったのか。

木戸は押すだけで開いた。ところが声をはりあげてもだれも出てこない。どうしたものかと困惑していると、木戸口で聞き覚えのある声がした。

「この家の主なら、当分、帰らぬぞ」

河合真之介は、ふところ手をしたまま、けげんな顔で知世を眺めていた。

「お犬姫か。いったいなにごとだ」

となりの長屋に住んでいるなら、ここで出会ってもふしぎはない。

「どこにおいでか、ご存じですか」

あたりは夕闇だ。怪我をして動けない女を崖下に置いておくわけにはいかない。

知世は事情を説明した。

「ご妻女にご主人を呼んできてほしいと頼まれたのです」

「大店の煤払いを手伝うといっていた。今ごろはふるまい酒でも飲んでいるはずだ」

「それでは河合さま、お力を貸していただけませんか」

「よかろう。隣家のよしみだ」

答えるやいなや、真之介は歩きだしていた。知世もあとにつづく。

「香苗と申したか。しかしなぜ、垣根のうしろにいたのか、あそこは切通だぞ」

「あわてていて聞き忘れました」

「いや、訊かぬほうがよい。顔を見られとうない人にでも出くわしたのだろう。あわてて隠れようとしたのやもしれぬ」

「隠れる……」

「あの夫婦は駆け落ち者だそうだ」

おもいもよらない返事に知世は目をみはる。

牛石のところへもどると、香苗は崖下の先刻と同じ場所にうずくまって、痛む足をさすっていた。自分でも這い上がろうとしたようで手足はますます泥だらけ、まわりの土だけが掘りかえされてまた埋められたように黒々としている。

「おまえさまは、おとなりの……」

香苗は目を泳がせた。むろん夫が不在だったと聞けば、ありがたく従うしかない。

「話はあとだ。さあ、しっかりつかまれ」

真之介は香苗を軽々と引き上げた。

「さ、背中へ。首に腕をまわして。お犬姫、手を貸せ」

痛みに呻《うめ》きながらも、香苗は真之介の背におぶわれて帰路につく。真之介は香苗を座敷へ――というより昔は座敷だった破れ畳のひと間へ――運びこんだ。

真之介も家の中へ入ったのははじめてだろう。驚きを隠そうとしている知世にはおかまいなく、無遠慮に家の中を見まわしている。

辻井家には家具調度の類がほとんどなかった。真之介は駆け落ち者といったが、かつかつの暮らしをしているのは一目瞭然。大店の煤払いを手伝いに行くくらいだから、香苗の夫は人目をはばかり、定職につけずにいるにちがいない。

「助かりました。なんとお礼を申し上げればよいか……」

「礼など無用。ご亭主が帰るまでお犬姫に介抱してもらうがよい」

香苗は真之介のひとことを聞き逃さなかった。

「お犬姫……なにゆえ、お犬姫、といわれるのですか」

真之介が知世の父親が中野の御囲の役人であると教えると、香苗は食い入るような目で知世を見た。犬になにか、特別のおもいがあるのか。

「それでは拙者はこれにて」

真之介は腰を上げた。知世はあとを追いかける。

「うっかりしておりました。家の者たちが心配しております。どうしたら……」

「知らせてきてやろう。ついでに、ご隠居になんぞとどけていただくよう頼んでおく。ここには薬もなさそうゆえ」

「さようですね。重ね重ねありがとうございます」

犬が嫌いだといわれたので、なんだか自分まで嫌われているような気がしていた。けれどどこうして話してみると、真之介は知世のことを嫌っているわけではなさそうだ。

出て行こうとして、真之介は今一度、知世に目をむけた。

「犬のことだが……」

いいかけてちらりと香苗を見る。

「いや、よい。くれぐれも注意を怠るな」

真之介は夕暮れの中へ消えた。

三

「そうそう、これも。そのご様子では新年の仕度どころではないでしょう。こういうものはうっかり買い忘れてあわてるものです」

母にいわれ、知世は結びかけていた風呂敷をほどいて暦をすべりこませた。

「あとはお餅。搗《つ》きたてをおとどけします」

「三方《さんぼう》はあるのかしら。鏡餅には橙《だいだい》も飾らなければ」

縁側で煙管《きせる》をくゆらせていた善右衛門は、母娘を一瞥して眉をひそめた。

「親切はよいが深入りはならぬぞ。その、得体《えたい》の知れぬ……」

「お怪我をされて困っておられるのです。知らぬ顔はできません」

「そうですとも。お祖父さまったら、お静さまのようなことをおっしゃるのですね。お静さまは駆け落ち者というのがお気に入らぬようです」

「フン。はじめて女弁慶と意見が合《お》うたわ」

善右衛門は苦笑した。

「わかったわかった、好きにせよ。ま、いうたところで聞く耳などなかろう」

知世は、困窮している辻井哉太郎と香苗夫婦のために、正月の準備で忙しい合間をぬって食べ物をとどけたり水汲みを手伝ってやったり、なにくれとなく世話をやいていた。

「足りないものがあったら遠慮のう……と、伝えてくださいね」

母の言葉に送られて家を出る。裏木戸を押し開けたところで、二人の男がいい争っている光景が目にとびこんできた。一人は堀部弥兵衛老人、今一人は着古した布子《ぬのこ》に伸びきった総髪をうなじでひとくくりにした浪人らしき風体の男だ。

弥兵衛老人は知世を見るや頬をゆるめた。「おう、お犬姫か」といったとたん、浪人らしき男がぱっと跳びのく。知世をにらみつけたかとおもうや、足早に立ち去った。

「待てッ。待たんかッ。数右衛門《かずえもん》。待てというに……相変わらず血の気の多い男よの」

「堀内先生のお弟子さまにございますか」

大ぶりの目鼻をつけた顔になんともいえない憂愁を感じて、知世はおもわずたずねている。堀内先生の稽古場には浪人が山ほどいた。常に出たり入ったりしているので、顔も名も覚えられない。

「不破《ふわ》数右衛門というての、かつてはわが浅野の家臣じゃった。殿の覚えもめでたかったが、何年前になるか、永《なが》のお暇《いとま》となった。江戸におるとは知らなんだわ」

「永のお暇……お咎《とが》めをうけたのですか」

「早い話が破門だ。死骸を掘り起こして試し斬りをしたとやら。それだけではない。もとより粗暴な男での、大酒呑みの喧嘩三昧《けんかざんまい》が祟《たた》ったんじゃよ」

「わたくしもにらまれました」

「根はいいやつなのだが……虫の居所がわるかったか、困窮しとるなら屋敷へ顔を出せといっただけで食ってかかられた。帰参など頼まれても断ると……はん、だれも頼みはせぬわ。河合真之介を訪ねたそうゆえ、おおかた喧嘩でもして追いかえされたんじゃろう」

真之介と聞いて、知世は耳をそばだてる。

「河合さまの、お知り合いなのですか」

「日雇か用心棒か、どこぞで知り合うたのではないかの」

弥兵衛老人は木戸の中へ入ろうとしていた。知世は行く手をふさいだ。

「河合さまの、お父上は、ご切腹されたとうかがいました」

「さよう。落ち度もないのに詰め腹を切らされた。あれはまこと、お気の毒じゃった」

弥兵衛は知世にけげんな目をむける。

「なんぞ怨《うら》み言でもいわれたか」

「怨み言……ですか」

「うむ。河合どのが不運にみまわれたのは、お犬さまにかかわる騒動が原因だと聞いている。お犬には、あまり良きおもいは抱いておらぬはずじゃ」

「わかりました。それで、お犬が嫌いと仰せになられたのですね」

「さようなことをいうたか」

弥兵衛老人は知世の脇をすりぬけて木戸を引き開けた。

「もうひとつ、これは内緒の話だが……河合真之介はの、仇《かたき》を、捜しておるそうな」


香苗は青白い顔で片足を引きずっていた。痛みをこらえている姿が痛々しい。知世に頭を下げた拍子に髪がほつれ、鬢《びん》の毛をかきあげる仕草は、なんともいえず艶《つや》っぽかった。粗末な小袖に化粧気もないのに色香が匂いたつようだ。香苗が人妻だったとして、盗んで逃げたくなる男がいるのもうなずける。

「相すみませんねえ。ご迷惑をおかけして……」

「迷惑なんて。困ったときは相身互《あいみたが》い。母も心配しております」

「お母上は養生しておられるのでしょう」

「はい。こちらへ参ったおかげで、だいぶようなりました」

「それはよかったこと。お父上は、中野に、おられるそうですね」

「ええ。母は正月までにぜひとも帰らなければといっていたのですが、父と兄がこちらへ来ることになりました。といっても、一日か、せいぜい二日」

「ご家族そろって新年を迎えられるとは……お幸せですねえ」

そんな話をしながら、知世は香苗のかわりに重い漬物石を持ち上げたり水を運んだりしてやる。夫の哉太郎は大名屋敷で雑用を頼まれたそうで、この日も不在だった。

「明日も様子を見に参ります」

「ほんにねえ、こんなに親切なお人がいるなんて……」

知世は小半刻《こはんとき》で辻井家を出た。門前で足を止め、となりの長屋に目をむける。堀内先生が行き場のない弟子たちのために借りあげた住まいは、近隣でもひときわみすぼらしい棟割長屋だ。夜は酒盛りや博打《ばくち》で騒がしい長屋も、昼間は閑散としていた。

河合真之介は仇を捜している身だという。仇とは、父親を死に追いやった者のことか。犬はそのこととどうかかわっているのだろう。

それにしても——と、知世は眉を曇らせた。真之介といい、不破数右衛門といい、香苗夫婦といい……堀内家のまわりはいわくありげな者たちの吹き溜まりのようだ。

家へ帰る前に牛石へ詣でることにした。牛神様参りは日課のようになっている。

牛石の背後の切通に、危うげな恰好で這《は》いつくばっている男がいた。

「なにをなさっているのですか」

知世もびっくりしたが、真之介も面食らっている。

「あ、いや、ちと失せ物を……の」

「先日、香苗どのをお助けしたときに、なにか失くされたのですか」

「なに、たいした物ではない。それより、怪我人の具合はどうだ」

知世が香苗の家に足しげく通っていることに気づいていたらしい。

「足首をひどくひねったのでしょう。まだ痛むようです」

真之介は取りはずされたままになっている垣根の隙間をぬけて牛石の正面へもどってくると、手についた泥を払い落として合掌した。仇討が首尾よく成し遂げられるように願掛けをしているのか。そうにちがいないとおもったが、知世はむろん訊けない。

「今しがた、不破さまとかいうご浪人ににらまれました」

合わせた手をほどくのを待って弥兵衛老人といい争っていたと教えると、真之介は愉快そうに笑った。はじめて見る笑い顔だ。笑うと一変して、若者らしい明るい顔になる。

「数右衛門も数右衛門だが、堀部さまとて他人のことはいえぬぞ。浅野のご家中は堅物《かたぶつ》ぞろいでの、古式ゆかしいといえば聞こえはよいが、いまだ戦国の世のようだ」

「戦国の世、にございますか」

「殿さまからして武辺《ぶへん》一辺倒だそうな。それゆえ皆、腕を磨くことに尋常ならざる熱意を燃やしておる。堀内先生には願うてもない弟子ぞろいだが……」

「武辺一辺倒は武士としてあるべきお姿ではありませんか。河合さまだって……」

仇討、と、うっかりいいそうになって、知世はあわてて口をつぐんだ。

真之介は別のことを考えたようだ。

「たしかに、数右衛門をとやこういえぬの。先生からも早う仕官せよとせっつかれておるのだが、いろいろと、おもうところがあって……」

真之介は某旗本家の用心棒をつとめた際に数右衛門と知り合ったという。

「あやつめ、仕事そっちのけで大酒を食らいおっての、こっちまでとばっちりを食って首になった。それを、ようもまあ、平然と長屋へころがりこもうとは……」

弥兵衛老人がいったとおり、数右衛門は真之介に追いだされたようだ。

「さようでしたか。堀部のご隠居さまは屋敷へ顔を出すようにと仰《おお》せられたそうです。帰参が叶えばようございますね。もっとも不破さまは一蹴されたそうですが」

知世がいうと、真之介は眉をひそめた。

「帰参する家がある者はまだしも」

その横顔にはやり場のない怒りがにじんでいる。だが、一瞬後に「さてと、帰るか」といった顔は穏やかだった。

「失せ物はよいのですか」

「ここにはなかった。いや、すでに持ち去ったのだろう」

だれが真之介の持ち物を持ち去るのか。わけがわからない。それはなんですか、と訊きたかったが、根掘り葉掘りたずねるのもはばかられる。知世は神妙な顔で牛石をなでて、真之介と共にその場をあとにした。

四

年が明けた。元禄十四年正月。

中野の御囲から父と兄がやってきた。諸方への年賀の挨拶まわりをすませたあとは家族水入らずの和《なご》やかな一夜を過ごして、二人はあわただしく中野へ帰ってゆく。

道場での初稽古がはじまったころ、森橋家へ二人の武士が訪ねてきた。

一人は初老の武士、大草紋右衛門《おおくさもんえもん》。神田上水の東岸に立ち並ぶ旗本屋敷のひとつ、秋月《あきづき》家の用人だという。

今一人は――。

「まあ、あのときの……栗山さま」

「その節は世話になった。おかげで失態をせずにすみ申した。あらためて礼を申す」

知世たちが中野から小石川へ引っ越してくる途中で遭遇したお犬騒動、あのときお犬駕籠を先導していた御番所の役人、栗山某である。

「悠長に挨拶などしとる場合ではないぞ」

大草はじれったそうに膝を叩くと、知世の母に目を移した。祖父の善右衛門は道場にいるので、知世の母が応対に出ている。

「こちらには猛犬を手なずけることができる娘御がおられるとうかごうて駆けつけたのじゃ。なにとぞ、お手を貸していただきたい」

栗山も表情を引きしめた。

「さよう。屋敷へ入りこんだ猛犬どもに手をやいておられるそうでの、お犬姫さまのお力で、お犬さまがたを鎮めていただけぬかと、一刻を争うゆえすぐにも……」

お犬さまに手荒なことはできない。吠えかかり駆けまわる犬は何匹いるかも定かではないそうで、用人は決死の覚悟で門へたどりつき、御番所へ助けを求めたのだった。

「知世。すぐに行ってさしあげなさい」

知世が「承知しました」と答える前に、かたわらで聞き耳を立てていた善次郎が「おれも行くよ」と腰を上げる。

「姉さまのいうことを聞いて、しっかり働くのですよ」

母の了承を得て、知世は弟と秋月家へ駆けつけることになった。

秋月家は、母屋の他に表門長屋と中長屋のある七百余坪の屋敷で、門前へ立つまでもなく犬の声が聞こえてきた。

「二四、三匹……少なくとも四匹はいるようですね」

知世は耳を澄ませた。視線を上げて表門長屋の屋根を眺める。長屋の瓦屋根は切妻《きりづま》で勾配が急だ。が、左右を見ると通用門の板屋根は傾斜がゆるやかで、さほど高くはなかった。

「お犬の好物を大急ぎで集めてください。五、六匹が満腹になるくらいたくさん。それから梯子《はしご》と、桶《おけ》にたっぷりの水を。あ、それからお犬駕籠の用意も」

それにしても、犬はどこから来たのか。元の場所へ帰してやりたいが、犬にたずねるわけにもいかない。となれば、やはり中野の御囲へ送るしかなさそうだ。

用人がおろおろしているあいだに、栗山はてきぱきと指図をして、配下の者たちに知世が頼んだものをそろえさせた。

「では、水桶は通用門の前に置いてください。梯子は門の屋根へとどくように。食べ物は順にわたしてくださいね。善次郎、行きますよ」

「合点承知ッ」

あっけにとられている男たちをよそに、知世は裾をからげた。善次郎を伴って梯子を上る。通用門の屋根に立つや、ピューイと指笛を吹いた。千駄木にいたころ、野原で駆けまわっている犬たちを呼び集めるために吹いていた指笛は、御犬索の長老から手ほどきをうけたもので、手妻のように野犬まで集まってきたものだ。

「お腹が空いているのでしょう。たくさんお食べなさい」

善次郎から次々に手わたされる食べ物を放り投げてやりながらも、知世は犬たちに話しかけるのを忘れなかった。

「あとは善次郎、頼みましたよ」

弟にまかせて梯子を下りる。通用門を開けさせ、犬の背後に水桶を運びこんだ。

犬は四匹いた。獰猛に見えたのは、あまりに汚れている上に腹を空かせていたからか、よく見ればどの犬も無垢な目をしている。

「ほら、水をお飲みなさい。あわてなくてもたっぷりありますからね」

はじめはがっついていた犬たちも、満腹になり水を飲み終えたときには安心して眠たげな顔になっていた。知世は一匹一匹の目を見て語りかけながら、やさしく頭や背中をなでてやる。お犬駕籠がそろうころには犬たちもすっかり従順になっていて、知世の先導で造作もなく籠の内へおさまった。

「さすがはお犬姫さま、お見事お見事」

「おかげでお犬さまも家人も無事にござった。このとおり」

その日、知世と善次郎は秋月家の家老から褒美をもらい、用人からはしつこいほど頭を下げられて意気揚々と家へ帰った。

『『お犬御用、よろずうけたまわり』と看板を掲げれば、剣術指南より儲かるやもしれんな」

冗談まじりにいった堀内先生は、すぐさまお静にやりこめられる。

「他人を当てにする前に、もらうべきものをもらってください。これでは弟子が増えれば増えるだけ家計が苦しゅうなります」

褒美の金子《きんす》は道場の弟子たちに大盤振《おおばんぶ》る舞《ま》いをしたためにきれいに消えてしまったが、孫娘の武勇伝に善右衛門も鼻高々。

ところが、これで終わりではなかった。

「なに、蔵が荒らされておったと……」

翌日の栗山の知らせに、森橋家の家族は愕然とした。

「門は閉まっていた。塀に穴もなかった。となれば、だれかが夜陰にまぎれて犬を放ち、門を閉めたとしかおもえぬのう。なるほど、お犬は目くらましか」

善右衛門は唸《うな》る。

「はじめはいやがらせかと……しかし秋月家では心当たりはないそうにて。妙だと首をひねっておったところが、夕刻になって、女中が蔵へ来客用の茶器を取りに行ってはじめてわかったそうにござる」

先祖伝来の名刀と将軍家より拝領した掛け軸など、お宝が何点か失せていた。屋敷内で窃盗にあうのは武家の恥、本来なら泣き寝入りをするところだが……。

「盗賊お犬党というのですか」

知世は目を丸くした。

栗山によれば、近ごろ、この界隈で似たような手口が横行しているという。

「つまり、猛犬を放ち、騒ぎに乗じて盗みを働くのですね」

「武家はよほどのうては訴え出ない。しかもお犬がかかわっていたとなれば、厄介なことにもなりかねぬ。盗賊どもめ、巧いことを考えたものじゃ」

「舅上《ちちうえ》。感心している場合ではありませんよ」

だれが命名したのか。盗賊お犬党は一年および半年ほど前、内藤新宿《ないとうしんじゅく》と下谷《したや》の寺町でも似たような騒ぎを起こした。いずれもお犬騒ぎの最中に金品を盗まれるというもので、いつしか「お犬党」の仕業《しわざ》といわれるようになった。当時、界隈では他にも武家屋敷へ犬が入りこんで大騒ぎになった話がいくつかあったが、これは届け出がないため盗難にあったかどうかはわからない。

「ひとしきり騒ぎになるとぱたりと鎮まる、というくりかえしで……」

「場所を変えてまた盗みをはじめるのですね」

「ふむ。盗人どもめ、新手《あらて》の手口を考えおったか」

「犬に悪事の片棒を担がせるなんて許せませぬ」

「それにしても、いったいどこから犬をつれてきたのでしょう」

祖父も母も、もちろん知世も、首をかしげている。野犬のように見えたが、もし野犬なら、秋月家へつれてくるまでに吠えたり暴れたり、ひと騒動ありそうなものだ。四匹そろって門内へ追いこむのは容易ではない。

野犬でないとなると、このご時世、猛犬をだれが、どこで飼っていたのか。

「二度と騒ぎが起こらぬよう、われらも警戒を強めねばならぬ。お犬姫さまとご家族の皆さまがたも、なんぞ耳にされたら、ぜひともご一報を」

栗山はそういい置いて帰って行った。

五

堀内家の雑然とした庭もすっかり春めいて、若芽をつけはじめた木の下ではすみれやたんぽぽが可憐な花を咲かせている。そこここに虫が這い出た穴もぽつぽつ。

知世はふくいくとした香りをただよわせている沈丁花《じんちょうげ》を一枝、道場へ生けようとおもいついた。一段高くなった指南役の席にはなにやらむずかしい墨文字の掛け軸が飾られているが、花はない。素焼きの花瓶に挿せば、淡紅色の小手毬《こでまり》のような花が薄暗い道場でひときわ光彩を放つにちがいない。

花を生けた花瓶をかかげて道場へ出てゆくと、数人の弟子たちが稽古をしていた。今日は堀内先生がいないので、あちらにひと組、こちらにひと組、自主稽古をしている。ひとところには三人の子供がかたまっていて、河合真之介が稽古をつけてやっていた。善次郎もいる。鉢巻に襷掛け、竹刀を手にした勇ましい姿だ。

知世は花瓶を置き、しばらくその場に座して稽古を見守った。

勇ましいのは見かけだけ。善次郎はひとり元気がなかった。真之介に打ちこまれても、他の二人のようにがむしゃらにむかって行こうとはしない。

秋月家で猛犬を鎮めたときはあんなにはりきっていたのに――。

そういえば、あれからずっと元気がないようだった。もっとも善次郎は気に入らないことがあればすぐにふくれっ面をするし、いうことを聞かないこともしょっちゅうなので、知世は気にも留めていなかったのだが……。

「善次郎ッ。かかってこいッ。どうした。さあッ」

真之介にけしかけられて、善次郎はかろうじて体勢を立てなおした。ちらりと知世を見てエィヤッと打ちかかったものの、あっけなく竹刀を跳ねとばされて尻もちをつく。次の瞬間、ワオーッと大声をあげて駆け去ってしまった。

二人の子供たちにおさらいをさせておいて、真之介は善次郎の竹刀を拾い上げる。と、弟のあとを追いかけようか思案している知世のもとへやってきた。

「すみません。善次郎ときたら……ご無礼をいたしました」

「いや。それより、このところずっとあんなふうなのだ。稽古に身が入らぬ。なにか、気にかかることがあるのではないか」

「わたくしも、どうしたのかと案じておりました」

「それとなく訊いてやってはどうだ。拙者からもたずねてみよう」

真之介は立ち去る前に沈丁花を一瞥した。ふっと眉をひそめる。

「お花、いけませんか」

「いや、さようなことは……そういえば、怪我は癒《い》えたのか。もう見舞いにはゆかずともよいのだろう」

真之介の隣家に住む駆け落ち者の夫婦、香苗のことである。

「それが、とうに治ってもよいころなのですが……まだ鈍痛があるそうで、ときおりお手伝いに参っております」

「ご亭主とは会うたか」

「いいえ。一、二度ちらりとお見かけはしましたが、たいがいはお留守で」

「まだ、どこぞの大名家の雑用をしておるのやもしれぬの」

子供たちの呼び声が聞こえた。真之介は去ってゆく。

知世も一礼をして、その場をあとにした。

「あら、お祖父さま……」

「どうにもこうにも、腹の立つ女だッ」

離れへもどるや、玄関先で中から出てきた祖父の善右衛門とぶつかりそうになった。よほど腹に据えかねたことがあったようだ。

「お出かけですか」

「稽古だ稽古ッ」

三和土《たたき》に目をやると、女物にしては大きな下駄がそろえてあった。さてはまたお静と一戦交えたか。

おもったとおり、お静と母が居間で談笑していた。

「お祖父さま、怒って出て行かれましたよ。なにかあったのですか」

母は久方ぶりに声を立てて笑った。

「今しがた辻井さまの奥さまがご挨拶にみえたのです。怪我がようなったのでお礼にと。玄関先でお祖父さまとばったり。立ち話をしているところへお静さまがいらして……」

「なんでしょうねえ。鼻の下を伸ばして、わしがいつでも駆けつけてしんぜるゆえ遠慮のう……などとへらへらと。あれじゃ、聞いてるこっちが恥ずかしゅうなります」

「それでお静さまにからかわれて腹を立てたのですね」

「いいえ、からかいやしませんよ。わたしはご隠居さまのためをおもって意見をしたのです。あの夫婦は得体が知れない、とりわけ妻女は曲者《くせもの》ですよ。ちょっとばかしきれいだとなるとすぐこれだ。よくいうでしょう、きれいな花には棘《とげ》も毒もあるってね」

知世ははっと胸に手をやった。うっとりするような甘い香り、小手毬のように愛らしい花、でもそう、沈丁花の実は猛毒だと聞いたことがある。もしかしたら、真之介が眉をひそめたのも――。

「知世。なにをぼんやりしているのです。お静さまに麦湯をいれておあげなさい」

「あれ、そんなことはわたしがしますよ。勝手知ったる家ですからね」

「いいえ、わたくしが。お静さま。母のお相手をお願いします」

知世は台所へ出てゆく。

六

秋月家のお犬騒ぎから半月余りがすぎても、盗賊の手がかりはつかめなかった。この間、近隣の金杉水道町《すいどうちょう》で盗難が一件あったが、これは、数珠《じゅず》屋の店先に犬の死骸が置かれていて店の者たちがあたふたしているうちに高価な数珠が盗まれた、というもので、お犬姫の出番はなかった。

春先のめまぐるしい気候のせいか、ここ数日、回復したかと安堵していた母の体調がすぐれない。けだるそうな母にかわって家事を一手にこなす一方、知世はこれまでどおり辻井家へも様子を見に通っていた。香苗はいまだ杖をついている。心細そうに「またいらしてくださいね」などといわれれば行かないわけにもいかないし、いざ訪ねれば香苗に手を取らんばかりに家へ引きこまれる。退屈しているのか、香苗はとりわけ中野の御囲の話を聞きたがった。

善次郎も、相変わらず元気がなかった。なにをしても上の空だ。悩みがあるならそれとなく聞きだそうと水をむけてみるものの、口を頑《かたく》なに閉じたまま。

その善次郎が行方知れずになったのは、朝から降っていた春の雪が午後には冷たい雨に変わり、凍りつくような寒さを置き土産にようやく止んだ夕刻だった。

「善次郎はどこにおる。今日は稽古に来なかったそうだが」

道場からもどった祖父に訊かれて、知世はけげんな顔になった。

「稽古をしているはずですよ」

「ではどこぞへ行きおったか。まったく、しようのないやつだ」

稽古がいやで逃げだしたのか。真之介に打ち負かされて逃げ去ってしまった先日の光景をおもいだして、知世はため息をつく。

「風邪をひかなければいいけれど……」

そのうちに帰ってくるだろうと、はじめは二人ともさほど気にしなかった。奥座敷で寝《やす》んでいる母にもよけいな心配をさせまいと知らせないでおく。

ところが夕餉《ゆうげ》の時刻になっても、宵闇になっても、善次郎は帰ってこなかった。そのころにはもう、離れだけでなく堀内家は大騒ぎになっていた。

「御番所へ使いをやりました。兄さんも弟子をかき集めて上水のまわりを……」

こんなときもきびきびと指図をするのはお静である。

「上水……」

「子供はよく足をすべらせますからね、ことに雨の日は」

お静の言葉に一同は凍りついた。

「よし、わしも行くぞ。知世、母者を頼む」

祖父も提灯を片手にとびだしてゆく。

「わたしは握り飯をつくって参りましょう。夜っぴて駆けまわるとなれば、まずは腹ごしらえの仕度をしておかなければ」

「お静さま。わたくしもお手伝いを」

「いいえ。お犬姫さまは母上さまのおそばについていておあげなさい」

祖父とお静を送りだし、母は神棚にむかって息子の無事を祈る。その顔は真っ青だ。

「母さま。牛神様に願《がん》を掛けてきてもいいですか。すぐにもどります」

「もちろんですとも。母のぶんも願うてきてください」

いてもたってもいられず、知世は小走りに裏木戸を出た。

足元に提灯を置いて牛石をなでる。

どうか善次郎をお守りください。無事に帰ってきますように――。

知世は一心不乱に祈った。背筋がぞくりとしたのはなぜだろう。だれかに見られているような……。

ふりむいたとたん、悲鳴をあげそうになった。暗闇に光る目がある。人形の目のように感情のかけらもないまなざし。その手に光る物があった。刃《やいば》か。いや、見まちがいかも。なぜなら、あっとおもったのは一瞬で、親しげな声とともに見慣れた笑顔が近づいてきたからだ。

「まあ、またここでお会いできるとは……こんな時刻にお参りですか」

香苗は刃物ではなく風呂敷包みを抱えていた。片手で杖をついている。

「どうかなさったのですか。もしや、母さまのご容態が……」

「い、いえ。弟が、いないのです」

「いない？　どこぞへ行って帰らぬ、ということですか」

「ええ。道に迷うているのではないかと……」

皆が捜しまわっていると話すと、香苗は申しわけなさそうに頭を下げた。

「夫がいればすぐにも捜しに行かせるのですが、あいにく今日は夜番で……。わたくしにお手伝いできることがあればおっしゃってください」

「ありがとうございます。香苗さまはまだ歩くのがやっと、ご無理は禁物です」

「さようですね。かえって足手まといになりますね。それではこれで。ご無事で、すぐにも見つかりますよう、お祈りしております」

香苗は辞儀をしてきびすをかえした。どこかへ出かけて家へ帰るところらしい。杖をつきながらも歩きにくそうで、ひと足ごとに草履のすれる音がしている。だったらなぜ、さっきはこの足音に気づかなかったのか、弟のことで頭がいっぱいだったからか。

「あ、お待ちを。わたくしも帰るところです。辻までごいっしょに」

知世は香苗の歩みを気づかいながら辻までもどり、堀内家の木戸で別れた。

離れでは母が台所に立っていた。

「母さま。さようなことはわたくしが……」

「お静さまだけにまかせてはおけませぬ。味噌汁をつくろうとおもうのですよ。それに知世、わたくしはじっとしていられないのです」

知世はうなずいた。母は菜を切り、知世は大鍋に水を汲んでかまどの火を熾《おこ》す。

夜半になっても善次郎は見つからなかった。入れ替わり立ち替わりもどってきては握り飯をほおばり味噌汁をかきこんで出かけてゆく男たちの顔も、次第に焦燥の色が濃くなってゆく。

「ああ、善次郎……」

気丈な母が、今しも倒れこみそうだ。

「母さま。牛神様が守ってくださるはずです。信じましょう」

「お犬姫さまのいうとおりですよ。わたくしたちが暗い顔をしていては、捜しまわっている者たちの士気にさわります」

「さようですね。では庭で焚火をして皆にあたたまっていただきましょう。知世……」

「はい。焚火ならわたくしが……」

知世が庭へ出て焚火の用意をはじめようとしたときだ。木戸を蹴とばす音がした。

「開けてくれ。だれか、早う木戸を……」

「河合さまッ。河合さまですねッ」

知世は抱えていた木ぎれを放りだして木戸へ駆けよった。開けたとたん目をみはる。

「河合さ……あ、善次郎ッ。善次郎、なにがあったのですか善次郎ッ」

「痛みで朦朧《もうろう》としておるようだが、案ずるな、死にはせぬ」

「どこにいたのですか。いったいなにが……」

「話はあとだ。というより、他の者には聞かせとうないことがある」

二人きりで話せぬかといわれて、知世は思案した。皆が帰ってくる。善次郎の無事をよろこび、大騒ぎになるにちがいない。

「あとで牛石へお礼に参ります」

「よし。一人では危ないゆえ、おれが供をする」

「わかりました」

真之介は善次郎を離れへ運びこんだ。

「善次郎ッ。ああ、よう無事で……。どこが痛むのですか、しっかりして、善次郎ッ」

安堵と新たな心配でわが子を抱きしめる母を後目《しりめ》に、ここでもお静が采配をふるう。

「真之介さま、善次郎どのを床に。お犬姫さまは早う床の仕度を。わたくしは湯を沸かします。奥さま、お体を拭いてさしあげましょう。あ、真之介さま、母屋へ行って、皆に知らせをやるよういうてもらえませんか。それからお医師も呼んだほうがいいでしょう。それにしても、いったい、どこでこんなひどいお怪我を……」

善次郎は全身に痣《あざ》や打撲があった。真之介の説明によると、牛天神のある高台の裏手の雑木林の奥の崖から転落したという。もちろん牛天神を捜した者もいたが、雑木林の奥のその先は水戸家上屋敷の広大な塀があるだけだ。そんなところへ子供が迷いこむとはおもわず、探索もなおざりになっていたのだろう。

善次郎は、なぜ、そんなところにいたのか。

今はまだそこまで追及する者はなく、善右衛門や堀内先生以下、三々五々もどってきた弟子たちは善次郎の無事をよろこび、慰労の酒で冷えた体を温めている。

駆けつけた医師の見立てによれば、命に別状はないようだった。しばらく激痛に呻いていた善次郎は、薬湯《やくとう》を呑んで眠ってしまった。眠りながらも母の手をつかんで放さないところはまだ子供である。

「母さま。牛神様にお礼を申し上げて参ります」

「拙者が同行いたします。ご心配はいりませぬ」

母も明朝にしなさいとはいわなかった。どれほど善次郎の身を案じていたか。生還できたことが牛石の功徳《くどく》なら、真っ先にお礼をいわなければならない。

知世と真之介は家を出た。牛石にむかって歩きながらも知世は気が急《せ》いている。

「他の者に聞かせたくない話があるのでしょう。早う教えてください」

「うむ。善次郎の怪我だが……崖から落ちたというのはでたらめだ」

「なんですってッ」

「あの痣は袋叩きにされたものだ。相手が子供でなかったら死んでいたやもしれぬ」

知世は息を呑んだ。

「喧嘩をしたのですか。善次郎が？　どこの子供と……」

「順に話すゆえ急かさんでくれ。秋月家で騒ぎがあったそうだの」

「はい。盗賊お犬党の仕業ではないかと……」

「善次郎はそのときの猛犬に見覚えがあったようだ。はじめはただのいたずらだとおもっていたが、蔵が荒らされたと聞いて事の重大さに動転した。もし自分の知っている子供らが盗賊の片棒を担いでいるとしたら……」

「それで弟は悩んでいたのですね。訴え出るわけにもゆかず、見すごしにもできず」

「そのとおり。ようやく心を決めて会いに行ったのだろう。このままでは捕まるぞ、馬鹿なことをするなと忠告したかったのか」

悪童どもが聞く耳を持つはずもなく、善次郎は過酷な制裁をうけた。

「どこの子供たちですか。いったい何人で善次郎を……」

牛石の前に来ていたが、合掌する間も惜しんで知世はたたみかける。

「金杉稲荷の裏長屋に住んでいる子供らだ。四、五人はいたはずだ」

知世はすぐにぴんときた。いつだったか、堀内先生から、善次郎が金杉稲荷の裏長屋の子供たちといっしょにいたと聞いたことがある。

「善次郎は以前、犬がどうのと話していた。逃げた犬を捕まえてやったのがきっかけで裏長屋の子供らと知り合ったらしい。中野の御囲のことを聞かれたともいっていた。善次郎が行方知れずになったと聞いたとき、そのことをおもいだしたのだ」

「でも、牛天神の裏の雑木林にいると、なにゆえわかったのですか」

「裏長屋の子供から聞きだした。で、あわてて駆けつけたのだ。図星だった。善次郎を助けだし、子供らのうち逃げ遅れた二人を捕らえて縛りあげた。やつらの話から、ふたつのことが結びついた」

「ふたつのこと……」

真之介はうなずいただけで答えない。

「遅うなると母上が心配される。明朝、迎えに行くゆえ、同道してもらいたい」

「いずこへ行くのですか」

「今は、話せぬ。が、お犬姫の助けがいる」

真之介は弟の命を救ってくれた。断るわけにはいかない。いや、頼まれなくても同行を申し出ていた。真相を知りたい。それ以上に、真之介の役に立ちたい。

「承知しました。そのかわり、ひとつだけ教えてください。河合さまは、これから、なにをなさるおつもりですか」

真之介はいおうかいうまいか迷っているようだった。が、知世に視線をむけたときは、ゆるぎない目の色になっていた。

「盗賊を捕らえるつもりだ」

七

翌朝、真之介は約束どおり知世を迎えにきた。

「善次郎の容態は……」

「今朝はまだ眠っています。夜中に目が覚めて痛がっていました」

「痛いといえるくらいなら心配はいらんさ」

真之介は知世をうながし、牛石の方角へむかって歩きはじめる。

「金杉稲荷の裏長屋へ行くのかとおもいました」

「子供らはもう元気に遊んでおるはずだ。われらは水戸さまのお屋敷へ行く」

おもいもよらぬ返答に、知世は目をしばたたいた。

「隣家の辻井哉太郎は水戸家に奉公している。というても、家臣ではのうて雑用をつとめる渡り徒士の、そのまた下役といった手合いらしいが……」

「辻井……香苗さまの、ご主人……」

真之介と牛石のかたわらで話をしていたときも、香苗と出会った話をすべきかどうか迷った。が、たいしたことではないとおもったので話さなかった。

「やはり、お話ししておきます。昨夜、善次郎のことで牛神様に願を掛けにきたのです。そのとき香苗さまに声をかけられました」

「まことかッ」

真之介は驚きをあらわにした。

「無事でよかった……」

心底、安堵したように息を吐きだす。

「無事で……なにがあるというのですか。香苗さまは家へ帰る途中だったようで、お気の毒に、まだ足を引きずっておられました」

「ひねっただけにしては長患いだのう。ま、それはさておき、辻井哉太郎が水戸家でなにをしておるか。犬の世話だ」

真之介によると、昨年末に逝去した水戸光圀《みつくに》公は、生類憐みの令で犬を過度に敬重する将軍家のやり方に不満を抱いていたらしい。これみよがしに犬の毛皮を献上したこともあるほどで、おもてだって逆らいこそしなかったが、大名家から庶民まで提出を強制された御犬毛付帳《おいぬけつけちょう》などもいいかげんだったから、いったい屋敷内にどれほど犬がいるか定かではなかった。実際、今もけっこうな数の犬がいるという。

「裏長屋では飼えぬゆえ、子供らの犬もここにいた。中野の御囲へつれて行かれてしまえば遠くて会いに行けぬ。が、ここならつれだして遊べる。むろん、水戸家は関知していなかったのではないか。お犬小屋は広大な屋敷の片隅にある。犬の世話をまかされた下役がひそかに子供らをあやつり、犬を利用した」

「その下役が、香苗さまのご主人なのですね」

ということは……知世は唾を呑みこむ。辻井哉太郎は盗賊の一味ということか。まさか、と知世は身ぶるいをした。なにかのまちがいだとおもいたかったが……。

真之介は牛石からつづく坂道を黙々と登ってゆく。いやがうえにも高まる動悸に足をとられながら、知世もけんめいにあとへつづいた。登りきって本殿の裏手へ出たところで、真之介は歩みを止めた。

「哉太郎の妻女を助けた日のことだが、おれが、犬、といいかけたのを覚えているか」

「そういえば……はい、覚えています」

なぜ突然「犬」が出てきたのか。その場にそぐわないので、聞きまちがいだとおもった。が、そうではなかった。

「気づかなんだか。犬臭かったのだ、背負ったとき」

「あ……」

「辻井哉太郎とは二、三度立ち話をした。実に愉快な、人好きのする男だ。あれなら子供らにもなつかれよう。それゆえ、大店の煤払いを手伝うた、ふるまい酒に酔っぱらった、などという話も信じかけた。が、あの臭いで目が覚めた。家へ入ってますますいぶかしゅうなった。あの二人、まことに駆け落ち者か、と……」

「そうではない、といわれるのですか」

知世が目を丸くするのを見て、真之介は苦笑した。

「どうかの。ま、追々わかる」

雑木林をぬければ水戸家の塀に行きあたる。そこに、不浄門《ふじょうもん》か、公には使用されない小さな門があるという。先を急ごうとする真之介に、知世は香苗の言葉を伝えた。

「辻井さまは夜番だとうかがいました。もうお帰りやもしれません」

「それはない。昨日も立ち話をした。明朝いちばんに出かけるといっていた」

だったらなぜ、香苗は夜番だなどと嘘をいったのか。善次郎の探索に加わらないことのいいわけだとしても……。

「崖だぞ。手を引いてやろうか」

「ひとりで下りられます」

「そうか。お犬姫だったの」

広大な塀の一ヵ所に設けられた、一見しただけでは見すごされそうな木戸門の前に立って、二人は顔を見合わせた。真之介が知世の同行を求めたのは、辻井哉太郎が危難を察知して犬をけしかけてきたときの用心だろう。中に猛犬がいるかもしれない。

「行くぞ」

「はいッ」

真之介は木戸を叩き、訪《おとな》いを入れた。が、身構えていた二人は、あっさり肩透かしを食わされた。応対に出てきたのは初老の武士で、あきらかに困惑しきっていた。

「辻井哉太郎？　こっちが訊きとうござるわ」

今朝はまだ来ていないという。しかも辻井と交替することになっていた夜番が災難にみまわれた。

「お犬小屋の脇に倒れておった。転倒して頭を打ったか、息がなかった」

初老の武士はお犬係で、犬の世話を徒士《かち》にまかせていた。が、犬の数は増える一方、手が足りなくなって、徒士は独断で夜番や辻井を雇い入れた。夜番の急死を知った初老の武士は、もちろん真っ先に徒士を捜したが、やはり長屋から消えていた。

「なにがなにやら……。辻井に一刻も早う来てもらわねば、われらの手には負えぬ」

無数の犬の吠え声が聞こえている。

「わたくしがお手伝いを……」

知世はおもわずいいかけたが、いい終わらぬうちに真之介に腕をつかまれた。

「辻井どのに知らせて参る。ごめん」

「おう、頼むぞ。すぐに来いと伝えてくれ」

真之介は知世の腕をつかんだまま、ぐんぐん坂を登り、雑木林をぬける。

「河合さま。河合さまッ。どうなさったのですか」

「どうもこうもない」

「どこへ行くのですか」

「辻井家に決まっておる。牛石のところであの女に会うたと聞いたとき気づくべきだった。おれはなんとまぬけな……」

とりつく島がなかった。真之介は悲愴な顔で前方をにらみつけている。知世は遅れないようについてゆくのがやっとだ。

ころげそうになりながら牛坂を下りた。牛石は横目で見ただけでとおりすぎる。辻を曲がり、堀内家の裏木戸も素通りして裏路地を急いだ。今や知世にも真之介の胸騒ぎが伝染して、正体のない恐怖にとらわれている。

二人は息を切らし、辻井家の門内へ駆けこんだ。

「ここで待っていてくれ」

玄関先に知世を待たせて、真之介は家の中へ消えた。しばらくその場で待っていたものの、いっこうに出てこない。知世はじっとしていられなくなって、家の裏手へまわりこんだ。家事を手伝いに来たときは、納屋や井戸のある裏から台所へ入ったものだ。

人影はなかった。井戸は使われた様子もない。が、納屋の戸が開いていた。なにげなく中を覗いた瞬間、生臭さが鼻をついて、知世は眉をひそめる。床になにかが置かれていた。薄暗いのでよく見えない。一歩ふみだし、眸《ひとみ》を凝らしてそれが人の足だとわかったときも、あまりに予想外だったのではじめはなにも感じなかった。

利那《せつな》、知世は自分の悲鳴を聞いた。聞いたような気がしたが、それもはっきりとはわからない。気づいたときは真之介に抱き起こされていた。

「大丈夫か。しっかりしろ」

「……わたくしは、いったい……」

「だから玄関で待っていろといったんだ。かわいそうに、怖かったろう」

「すみません。この……そこの……」

「辻井哉太郎の骸《むくろ》だ。鋭い刃物で背後からひと突きにされている」

「ひと突き……刃物……あ、香苗さまは……どこに？」

家の中に香苗の死体があるとはおもわなかった。返事を聞く前から、それだけはわかっていた。なぜ、と訊かれても答えられない。

「この界隈にはもうおるまい。あの女にまんまとしてやられたわ」

手がかりが残っていないかと家の中をくまなく探したが、なにもなかった。

「盗品で手にした金子は、やはり牛石の裏手に埋めて隠しておったのだろう」

「牛石ッ。それであのとき、河合さまは垣根のむこうにいらしたのですね」

「掘りかえした跡があった。よほどあわてたにちがいない」

「では、香苗さまも……盗賊お犬党の一味、ということですか。母もわたくしもすっかり騙《だま》されていたのですね」

「うむ。危ういところだった。なにごともなかったのは不幸中の幸い」

そういわれても、いまだに信じられない。知世は悪寒に身をふるわせる。

二人は早々に辻井家をあとにした。

「これから、どうなさるのですか」

「御番所へ知らせて骸の始末を頼む。あとは女の行方だが……容易には見つからんだろう」

真之介は堀内家の裏木戸まで知世を送ってきた。木戸を開けようとしたところで呼び止め、両手を膝に当てて辞儀をする。

「助かった。礼をいう」

「お礼をいうのはこちらです。善次郎を助けていただいたのですから」

「いや、もっと早う、ふたつを結びつけていさえすれば……」

それだけいうと、真之介はそそくさと立ち去った。辻井家に死体を残したままだ。ぐずぐずしているわけにはいかない。

知世は木戸を閉め、しばし呼吸をととのえた。鼻腔《びこう》をくすぐるのは沈丁花の香り。愛らしい花に猛毒の実……。盗賊お犬党の一味で、人の命を奪うことさえ躊躇なくしてのける女と、自分は長い時間をいっしょに過ごした。いくらでも機会があったのに——とりわけ牛石で二度目に出会ったあのとき——香苗が自分の命を奪わなかったのはなぜだろう。

木々のあいだを縫って離れへもどりかけると、弥兵衛老人の声が聞こえてきた。隠居の身とはいえ殿さま在府中の今はなにかと多忙だと聞くが、それでも善次郎の見舞いに立ちよってくれたようだ。応対する祖父の声も聞こえている。

玄関へあと少しというところで、母屋からお静が駆けてきた。

「お犬姫さまッ、どこへいらしていたのですか。早朝から出かけているとうかがいましたよ。善次郎どのの二の舞になりはすまいかと心配で心配で……。大体ねえ、ご隠居さまや奥さまも、若い娘がどこへ行ったか知らぬとは、尋常じゃありませんよ」

「そのとおり。尋常ではありません。だってお犬姫の家族ですもの」

あれまぁ……といったきり、お静は返す言葉を失っている。

知世はお静の背中を押して、家の中へもどって行った。

第二話　赤穂お犬騒動

一

木々が芽吹きはじめた。木下闇《このしたやみ》に居座っていた残雪もあらかた消えて、ここ小石川界隈は春の気配につつまれている。

知世は牛坂の中ほどで足を止め、背後に手を差し伸べた。

「さ、つかまって」

「平気だってば。もう痛くないっていっただろ」

「ならいいけど。あ、ゆっくり、ころばないようにね」

二月半ばの朝、弟の善次郎と牛天神の社へ詣でた帰りである。金杉稲荷の裏長屋の子供たちから袋叩きにあって善次郎が大怪我をしたのは、ひと月ほど前のことだ。ようやく歩けるようになったので、参詣がてら足慣らしに誘いだした。

「姉上、ほら見て」

善次郎が指さした大木の梢に、作りかけの鳥の巣があった。鳥の姿はない。

「なんの巣だろう。鷹かな」

「鳶《とび》か烏《からす》か。それならすぐに取り払われてしまうわね」

鳶や烏の巣を見つけたら取り払い、生け捕りにして遠島へ放つように……というお触れが毎年のように発布されている。

「なんで鳶や烏だけ追い払われるのさ」

「よくわからないけど、お祖父さまは不吉な鳥だからだっておっしゃってたわ。死肉を食らうからですって。でも父さまは、そうではなくて、公方さまのおつむに糞を落としたことがあるせいだって。皆の前で恥をかかされて、たいそうお腹立ちになられたそうよ」

「ふうん。だからって巣を取り上げられるなんて、なんだかかわいそうだね」

姉弟はそんな話をしながら坂を下りる。下りきったところに置かれている牛石に手を合わせてから、堀内家の裏木戸をくぐった。

堀内先生がいち早く知世を見つけて、玄関先から手招きをする。

「おう、ようやく帰ってきた。待ち人が首を長うしておられるぞ」

「待ち人……」

「堀部のご隠居さまだ。お犬姫にたっての頼みがあるそうだ」

玄関では祖父の善右衛門と弥兵衛老人が立ち話をしていた。参勤交代で当主が江戸に出府している今、隠居といえども多忙のようで、道場へはめったに顔を出さない。何用かといぶかりつつ、知世は弥兵衛老人に挨拶をした。

「子犬たちのお世話を、わたくしに……」

「そうなのじゃ。お犬さまのお子らとあっては、なんとしても無事お育ちいただかねばならぬ。ここはお犬姫の手を借りるのがいちばん、とおもいついた次第」

赤穂浅野家は鉄砲洲にある上屋敷のほかにも、本所《ほんじょ》と赤坂に屋敷がある。かつて赤坂は広大な下屋敷だったが、四年前に敷地を五分の一に減らされて本所に替地が与えられた。浅野家の犬はこの赤坂の下屋敷で飼われていた。いずこの大名家でも鷹狩が盛んなりしころは猟犬を飼っていたから、その名残《なご》りの犬たちだ。

弥兵衛老人が知世の手を借りたいというのには、わけがあった。

「わが殿は、このたび、勅使饗応役《ちょくしきょうおうやく》なる光栄きわまりなき御役を拝命つかまつった」

背筋をぴんと伸ばしておごそかにいったものの、その顔にはよろこびより、苦渋の色がにじんでいる。よほど骨の折れる御役らしい。

「この大事の最中にお犬さまがお子を産んだ、それも五匹……あ、いや、それ自体はめでたきことなれど、母犬さまが急な病に罹《かか》ってしもうての、日に日に弱っておられるそうな。お犬係は青くなって看病に励んでおるのじゃが、これがいっこうに回復しない」

このままでは子犬たちの命も危うい。今は人手の足りない時期でもあり、弥兵衛老人は、犬のことならなんでもござれのお犬姫に手助けを請《こ》うよう進言した。

「お家大事のこのときに、お犬さまが病死、しかもその子らが一匹も育たぬ、などということになれば由々《ゆゆ》しき不始末、ご公儀のそしりはまぬがれまい」

大名家といえども生類憐みの令、とりわけお犬さまについてはゆめおろそかにできない。御犬毛付帳を作成して数を常に把握しておくのはむろんだが、病や怪我にはことのほか神経を尖らせていた。

「そこでだ。ご隠居はお犬姫に下屋敷へ出むいて、お子らの世話をしてほしいとの仰せ。つまり、お犬係を手伝うていただけまいか、と」

「わたくしが、赤坂のお屋敷へ、参るのですか」

「なんとか助けてやってはくれぬか。このとおりだ」

弥兵衛老人に頭を下げられるまでもなかった。犬には人一倍、愛着がある。すぐにでも駆けつけたい。とはいえ赤坂まで出むくとなると……。

知世が返事をする前に、善次郎がはずんだ声で答えた。

「行くとも。な、姉上、いっしょに行こう」

善次郎は犬のいる中野の御囲へ帰りたくてたまらないのだ。犬の世話ができるなら、どこへだってとんで行くにちがいない。が、それまで黙って聞いていた善右衛門は、異議を唱えた。

「おまえはまだ無理だ。かえって皆の迷惑になる。よし、わしがいっしょに行こう」

「お祖父さまッ。では、よいのですね」

「いうまでもないわ。困ったときは相身互い」

「おう。ありがたや。されば早速、知らせをやらねば」

弥兵衛老人は安堵の息をついて帰ってゆく。

「いいなあ、姉上ばかり……」

「文句をいうな。おまえのその怪我を、皆がどれほど案じたか」

三人が話しながら家の中へ入ろうとすると、先生に呼び止められた。

「お犬姫の用心棒なら、河合真之介に頼んではどうかの。ご隠居がわざわざ出むいたのでは先方がかえって恐縮しよう。ご家中がざわついておるそうゆえ……」

先生は善右衛門の気分を害さぬよう、慎重に提案した。真之介は先日の騒動で善次郎を助けだしてくれた功労者である。

「でも河合さまはお犬がお嫌いのようですよ。どうせ断られます」

知世の危惧を先生は一笑に付した。

「犬が嫌いだと？　そんなことはなかろう。子供のころはよう可愛がっておったぞ」

返事も待たずに、もう道場へ歩きだしている。

「稽古をしておったゆえ話してやる。あやつなら浅野家の面々とも顔見知りだ」

知世は祖父に目をむけた。機嫌をそこねてはいないかと案じたものの――。

「先生がさよう仰せなれば、ま、河合真之介に頼むとするか。おまえはどうだ」

「はい。河合さまがお引きうけくださるのでしたら」

知世の胸は躍っていた。

二

赤穂浅野家の下屋敷は溜池の南方、南部坂《なんぶざか》下の赤坂田町にあった。小石川からだと外濠にそって西、さらに南へまわりこむ。

外濠の水面が陽光を浴びて鈍色《にびいろ》にきらめき、微風が吹くたびに小さなさざ波が立つのを眺めながら、知世と真之介は、声がとどく程度の距離をおいて歩いていた。黒と白の矢のように、ときおり燕が波間をかすめて飛んでゆく。

「断られるかとおもいました」

知世はいわずにはいられなかった。堀内先生は、真之介が犬を嫌いだといったとしたらそれは知世の聞きちがえだと笑いとばしたが、知世はたしかに聞いていた。しかも真之介のそのひとことには真意がこもっているようだった。

真之介は意外そうな顔をした。

「なにゆえに?」

「お犬がお嫌いだといわれたからです」

「そうか。うむ。ならいいなおそう。犬そのものを憎んでいるわけではないが、犬をあやつり、犬を利用する輩《やから》が許せぬ。さような場面に出くわすと腹が立つ」

「それは、お犬というより、わたくしがお嫌いのように聞こえます」

「馬鹿な……それはちがう。もしそうなら断っていた。たとえ浅野家からの頼みだとしても」

真之介がお犬やお犬姫を嫌っているわけではないとわかって、知世はほっとする。

「河合さまは、浅野家のことをようご存じだそうですね」

「堀内先生のお弟子には浅野のお侍衆が大勢おられる。おれの父は堀部のご隠居といっしょに先生のもとで腕を競いあっていたそうだ」

「河合さまのお父上は……いえ、なんでもありません」

「父のことなら……やめよう。今さらいうてもはじまらぬ」

たしかにのどかな春の一日にふさわしい話題ではなかった。訊きたいことは山ほどあったが、知世は話題を変えることにした。

「下屋敷のお犬さまの心配までなさるとは、堀部のご隠居さまも大変ですね」

「あの御仁はご自分を隠居とはおもうておらぬのだ。お家のためなら真っ先に命を投げだす、今や数少ない古武士の生き残りだ」

「お幸せなお人ですね。自ら惚れぬいた安兵衛《やすべえ》さまを娘婿に迎えられて、奥さま娘さまお孫さま、皆に大切にされておられるとうかがいました」

市ヶ谷御門、四谷御門をすぎて、御三家のひとつである紀伊《きい》家の広壮な屋敷を越えれば赤坂田町だ。しばらく行くと左前方に溜池が見えてきた。

赤穂浅野家の下屋敷の門前で、二人の若侍が押し問答をしていた。一人はまだ前髪立の少年で、善次郎より二つ三つ上といったところか。目鼻のととのった色白の顔に、上物の小袖と袴をまとった華奢な体つき、少し離れたところでおろおろしているのはお供の下僕だろう。もう一人は少年よりひとまわり大きいものの、やはり青臭さの残る若侍で、こちらは下級武士らしい粗末ないでたちだ。

「ならぬといったらならぬ、帰れッ」

「饗応役が終わるまで動けませぬ。それゆえ、今のうちに……」

「さようなことをしておる場合かッ。己の立場をわきまえよ」

「近くまで使いに参ったのです。お許しも得ています。どうか、ひと目だけ」

「栄《は》えあるお役目の最中に病犬を見舞うてなんとする？　とっとと帰れッ」

「兄上……」

「うるさいッ。失《う》せろッ。兄でも弟でもないわ」

若侍は少年を邪険に突きとばして、門内へ入ってしまった。いいふくめられているのか、閉じた門扉の前では門番が威嚇するかのごとく仁王立ちになっている。

少年は悔しそうに屋敷を見つめていた。やがて頭を垂れ、とぼとぼと歩きはじめる。

知世はおもわず駆けよっていた。少年があまりに美しく、そのためか、あまりに痛々しく見えたためである。

「どうされたのですか。なにか、わたくしでお力になれることがあれば……せめて、病のお犬さまのご容態を訊いて参りましょうか」

少年は驚いて目をしばたたいた。

「わたくしはお犬さまのお世話を頼まれた者で、これから浅野家を訪ねるところです」

お犬さま、といったとたん、少年の眸が明るくなった。

「お犬医師かッ。いや、そうは見えぬが……」

「医師ではありませんが、お犬さまの病ならたいがいはわかります」

「では治してくれるのか、白耀丸《はくようまる》を」

「それはわかりません。でも万全を尽くします。大切なお犬さまなのですね」

「拙者が育てた、生まれたときから」

少年はお犬係、安達平右衛門《あだちへいえもん》の次男、平四郎《へいしろう》と名乗った。だが、児小姓頭《こごしょうがしら》に見初められて殿さまの児小姓に推挙され、今は大木小竹《おおきこちく》と呼ばれているという。白耀丸が死にかけていると知って心配のあまり駆けつけたものの、兄の与平左《よへいざ》に追いかえされた。

「ご事情はわかりました」

「昔は仲の良い兄弟だったが今は……兄は拙者を嫌うている」

若侍は弟とは似ていなかった。武骨で凡庸な顔をした若者とだれもが見惚《みと》れる美少年——だれも二人を兄弟とはおもわないだろう。

弟は出世まちがいなし。一方の兄は、といえば、生涯つつましい暮らしを運命づけられた下《した》っ端《ぱ》武士だ。兄が弟を羨んで辛く当たるのは、無理のないことかもしれない。

知世は黙って二人のやりとりを眺めている真之介に、あとから小竹少年に病犬の様子を知らせてやってほしいと頼んだ。

「お心づかい、傷み入る」

深々と辞儀をして帰ってゆく少年を見送って、知世と真之介は門へむかう。

「さすがは児小姓、お殿さまの御目に適《かの》うただけありますね。善次郎にも爪の垢《あか》を煎じて飲ませたいものです」

礼儀正しいだけではない、けなげな美少年に、知世は親しみを覚えていた。


下屋敷の一角に設けられた赤穂浅野家のお犬養育場は、柵に囲まれた草地に犬小屋が数棟ならんでいた。といっても狩りが禁じられて猟犬の出番がなくなった今は犬の数も減ってしまい、空いている小屋が大半らしい。

その小屋のひとつに、生まれて間もない子犬たちがいた。まだ手のひらにのるほどの小ささで、目も開かず、鼻は薄茶色、ひとかたまりになって力なくうごめいているところは犬の子というより子鼠のようだ。クークーと啼《な》く声もか細い。

「かわいそうに、お腹が空いているのです。このままだと死んでしまいます」

知世は若侍に非難の目をむけた。

お犬係、安達平右衛門の嫡男の与平左は、今しがた門前で児小姓の弟を追いかえした、あの若侍である。元家老の推挙とはいえ、およそ犬の世話などしたことがなさそうな娘がやってきたので、肩透かしをくらったようだ。やむなく犬小屋へ案内したものの、端《はな》から馬鹿にしきっているのがわかる。

そもそも与平左は、犬が好きではないようだった。武士の端《はし》くれなのに犬の世話をしなければならないのが気に入らぬのか。

「役立たずどもめ。どうせ一生、飼い殺しだ」

吐き捨てるようにいうのも聞き捨てならない。が、今はそんなことにかまけている暇はなかった。

「重湯《おもゆ》をつくります。食べさせてみましょう」

真之介と与平左を犬小屋に残して、知世は安達家の台所へ行き、いち、いちという小女《こおんな》の手を借りて重湯をつくった。いちは十四の、見るからに垢ぬけない娘だ。犬の病に動転しているのか、話しかけても上の空で、手際もわるい。

「安達家のご兄弟はまるで似ていませんね。弟さまは犬がお好きなようなのに」

なにげなく小竹の話をしたときだけ、いちは目をかがやかせた。

「平四郎さま……いえ、小竹さまを、ご存じなのですか」

「門前でお会いしました。白耀丸を案じて見舞いにいらしたそうです」

「まあ、やっぱり。それはそれは可愛がっていらしたのですよ、白耀丸さまを。それで、それで小竹さまはどうされたのですか」

与平左に追いかえされたと教えると、いちは気の毒なほど落胆した。知世でさえ、ひと目見ただけで好感を抱いた小竹だから、いちがおもいを寄せるのは当然かもしれない。殿さまの児小姓となってしまった今は雲の上の人である。

もちろん、そうでなくても、いちの恋が実ることはないはずだ。いちはいつか小竹へのおもいを胸の奥にしまいこんで、小者か出入りの商人か、身分のつりあう男のもとへ嫁いでゆくにちがいない。それが世の宿命《さだめ》である。

重湯を入れた器を掲げて犬小屋へもどった。真之介は、どこから探してきたのか、葦の茎で子犬たちに水を飲ませようとしていた。その姿を見ても、犬自体を嫌っているのではないことがわかる。

一方の与平左は、手を貸すどころか、板敷であぐらをかいてうたた寝をしていた。

知世は子犬を一匹ずつ手のひらにのせて、自ら葦の茎で吸い上げた重湯を子犬の口に根気よく流しこんだ。眠っているかとおもった与平左も、いつしか薄目を開けて眺めている。

「母犬はどこですか。白耀丸というのでしょう」

知世は与平左に目をむけた。

「母屋だ。父がつきっきりで看病している」

「容態は……」

「助からんだろうな、ひどく苦しそうだった」

「案内してください」

「それはできぬ。だれも近づけてはならぬといわれておるのだ。よりによって、素性《すじょう》も知れぬ女子なんぞ……」

真之介が同行していたのは幸いだった。

「無礼な口を利くなッ。こちらはただの女子にあらず、お犬姫さまだぞ。元ご家老、堀部さまの肝煎りだということを忘れるな」

一喝されて、与平左はしぶしぶながら腰を上げた。二人を母犬のもとへ先導する。

白耀丸は安達家の奥座敷の、幾重にも重ねた布子の上に寝かされていた。名前のとおり白い大きな犬で、喉元と足の先だけが薄茶色だ。死にかけていなければさぞや美しかったにちがいない。が、今は衰弱して見る影もなかった。

お犬係の平右衛門は、憔悴《しょうすい》しきった顔で白耀丸のかたわらに座りこんでいた。四十代半ばの実直そうな男である。痩せて骨ばった体つきの上に顎の尖った顔は、不眠不休の看病のゆえか、眼窩がくぼみ頬はこけて、月代も髭《ひげ》も伸びきっている。

「だれも入れるなといったはずだぞッ」

平右衛門は与平左をにらみつけた。

「おまえは犬小屋でお犬さまの世話をしておればよいのだ。お犬さまになんぞあったら、今度こそ……」

「そのときは弟を呼びもどせばいいでしょう。よろこんで家督を譲りますよ」

「なにをいうかッ。平四郎はもうこの家の者ではない。児小姓は出世頭、われらの手にはとどかぬお人だ」

「いや、まだ間に合います。おれさえいなくなれば……」

「おやめください、お客人の前で」

敷居際で父子をたしなめた中年の女は平右衛門の妻女か。かたわらにはいちもいる。

「あのう……」と、知世は遠慮がちに膝を進めた。「お犬さまを診《み》せていただいても、よろしゅうございますか」

「ん？　何者だ、おぬしは……」

与平左が知世を紹介すると、平右衛門は怒らせた肩をおろした。

「ふむ。堀部さまの仰《おお》せとあれば……やむを得ぬの」

平右衛門が席を空けたので、知世は犬のそばへ膝をよせた。変色した歯茎をたしかめるまでもなく、ひと目で犬の身にふりかかった災難を見ぬいている。

「なにか、わるい物を食べたのですね」

御犬索の家に生まれれば、一度ならず目にする光景だった。外に放したときなど異物を口にする犬はよくいる。父の話では、故意に毒を盛られた騒動もあったという。

「お犬さまに効くかどうかわかりませんが、薬を持参しました。呑ませてみます」

「なんだね」

「ヤブコウジの根っこを乾燥させたもの、毒消しです」

平右衛門は目を泳がせたものの、異は唱えなかった。知世は根をくだいて犬の舌にのせてやる。犬が呑みこむのを待って背中を叩くと、白耀丸はゲホゲホとあえいで腹の物を吐きだした。これを数回くりかえすと息づかいが心なしかゆるやかになる。

「薬を置いて参ります。わるい物を全部吐きだせば助かるやもしれません」

「おう、ありがたやッ」

いぶかしげに眺めていた平右衛門の顔に生気がよみがえった。知世が差しだした薬を押しいただく。

「子犬たちにも精のつく物を食べさせてください」

「ご無礼の段、許されよ。なにしろこれまでになかったことゆえ……」

「お困りのことがあればいつでもお知らせください。すぐに駆けつけます」

知世は堀内家の場所を教えた。

「それより、お犬医師にはもう診ていただいたのですか」

「医師は、まずい」

平右衛門は苦渋の表情を浮かべた。おもむろに両手をつく。

「白耀丸がこと、万が一のときはお産で死んだと、口裏を合わせてはいただけぬか」

犬の死は厳しく詮議される。異物を食べて死んだとひろまれば、お犬係に科《とが》がおよびかねない。平右衛門はそれを危惧しているのだろう。

「承知しました。異物のこと、口外はいたしません」

浅野家当主の勅使饗応役拝命で下屋敷が閑散としていることも、お犬係にとっては好都合だったようだ。家中の者たちから首をつっこまれずにすむ。

「お犬姫さまとは、なるほど、たいした娘御にござるのう」

平右衛門夫婦に与平左、いちとそろって見送られ、知世と真之介は帰路についた。

「白耀丸はいったいなにを食べたのかしら」

帰り道で、知世は真っ先に疑問を口にした。

「目を離した隙に落ちていた物を……いや、ただの異物ともおもえぬ」

「ということは、だれかが故意に食べさせたのかもしれません」

もしや……とつづけようとして、知世は口をつぐんだ。与平左の仕業ではないかとおもったのである。白耀丸は弟の小竹が愛おしんで育てた犬だ。与平左が弟をやっかんでいるとしたら、腹いせに白耀丸に危害を加えることも、ないとはいえない。

真之介も同じことをおもったのか、眉をひそめている。

「与平左は不穏《ふおん》なことをいっていた。犬が生まれてもよろこぶ者などおらぬ、と」

知世が台所で重湯をつくっていたとき、真之介は与平左と話をしたという。狩りの出番がなくなった。犬自慢をする大名家も今はない。犬は無用の長物どころか、粗相があっては一大事と人をびくつかせる腫《は》れ物になってしまった。

「子犬もいっそ死んだほうが……なんぞと申すゆえ、こっちも腹が立っての」

しばらくやりあったところによると、与平左は、犬が嫌いなのではなく、犬を見ているとわが身を見るようで身につまされ、それで投げやりになっているらしい。

「はじめから子犬の世話をする気がなさそうでしたね」

「うむ。しかし、よくよく考えれば、与平左を疑うのは的外れやもしれぬの。お犬さまを害すればどんなお咎めをうけるか、重々承知しておるはずだ」

「ええ。でも、あの家には、他にそんなことをするようなお人はいませんでしたよ」

「やはり白耀丸は自分で異物を食べたのだろう。そう、腐った物かなにか。うっかりだれかが落としたか、置き忘れたか……」

「なんにせよ助かってもらわなければ。あのお犬にはなにか特別なものがあるようにおもえるのです」

二人は牛石へ立ちより、母犬と子犬たちのために手を合わせた。白耀丸の病が回復して、子犬たちが無事、母犬の乳で育ちますように……と、知世は祈る。

堀内家の裏口で真之介と別れた。

「あ、姉上。お帰りなさい」

「おう、どうじゃ、子犬らは元気になったか」

木戸をくぐるや、弟の善次郎と祖父の善右衛門が口々に声をかけてきた。竹刀を手にしているところをみると、まだ本格的な稽古のできない孫のために、祖父が手合わせをしてやっていたのだろう。

「子犬たちは心配いりません。母犬も薬が効きそうですし、あの様子なら助かるのではないかと……できれば治るまでついていてあげたかったのですが、泊まりこむわけにもいきませんし」

母の容態を訊ねる。

「まああといったところか。静かに寝ていられれば回復も早かろうが……」

祖父が苦々しげにいうのを聞いて、善次郎は知世に目くばせをした。

「お祖父さまは追いだされたんだ、うろうろしてるとじゃまだからって」

「いや、追んできたんじゃ。ワンワンうるそうてかなわぬゆえ」

「お静さまがいらしているのですね」

知世は忍び笑いをもらした。このところ母の調子があまりよくない。で、母屋からお静がしょっちゅう見舞いにくる。口うるさいお静が、善右衛門は大の苦手だ。

「では、お祖父さまの手には負えないお犬さまに、ご挨拶をして参ります」

この日は何事もなく終わった。

知世は翌日、そのまた翌日と、白耀丸や子犬たちの容態を気にかけて過ごした。なにかあれば駆けつけようとおもっていたのだが、呼び出しはない。

真之介も気になっていたようだ。三日後に下屋敷へ出かけた。その足で鉄砲洲の上屋敷へまわって小竹に白耀丸の様子を知らせるつもりでいたのだが——。

それどころではなくなった。さらなる異変が起こったためだ。

切迫した顔で帰ってきた真之介の話を聞くや、知世も血相を変えた。

三

知世、祖父の善右衛門、それに河合真之介の三人は、赤坂田町の赤穂浅野家下屋敷へつづく道を急いでいた。たった今、真之介から聞いたところだ。駆けつけてもできることはないかもしれないが、だからといって手をこまぬいているわけにはいかない。

「しかし、なにゆえ、かようなことになったのか」

「せっかく白耀丸が助かったというのに」

善右衛門も知世もにわかには信じられなかった。

白耀丸は異物を吐きだして息を吹きかえした。子犬たちも今のところ心配なさそうだ。それなのに一夜明けた朝、お犬係にさらなる災難が待ちうけていた。

夜更けにだれかがお犬小屋や養育場の木戸という木戸を開け放った。お犬たちが逃げだした。いつもなら家中のだれかが気づいたかもしれないが、当主が勅使饗応役を拝命中の赤穂浅野家では大半の家臣が上屋敷に出仕している。下屋敷は警備が手薄な上に、お犬係も白耀丸の看病で手が離せなかった。気づいたときには子犬たち以外の犬五匹がいなくなっていたという。

「いったい、だれが、木戸を開けたのでしょう」

「白耀丸に異物を食わせた者ではないか。予想に反して元気になってしまった。それゆえ次なる手を考えた」

「そんな恐ろしいことを企む者がいるとはおもえません」

「だが、いたのだ。お犬さまではつっかえ棒も閂《かんぬき》もはずせぬ」

知世と真之介の話を聞いていた善右衛門が、まぁまぁと片手をあげた。

「ここでいい合うてもはじまらぬ。詳しいいきさつを知るのが先決」

お犬係の平右衛門は度重なる失態に青くなった。白耀丸が死にかけた一件はごまかせたとしても、犬たちが逃亡してしまった事実については言い訳ができない。主家に迷惑をかけぬよう、ご公儀からお咎《とが》めをうける前に腹を切って詫びるといいだした。

ところが、あわやというそのとき、切腹は赤穂浅野家の当主、内匠頭《たくみのかみ》が饗応役を終えたあとにせよ、と下屋敷の用人に諫《いさ》められた。栄誉ある御役拝命中に家臣が腹を切れば家中の恥をさらすことになる。切腹は延期となった。が、おもいとどまったわけではない。刻《とき》を待って強行すべく、平右衛門は母屋の一室に立てこもっているという。

「頑固者めが……血気さかんはよいが、なにも腹を切らずともよさそうなものじゃ。お犬さまを探しだせばすむことではないか」

といっても、一匹二匹ならまだしも五匹である。下屋敷の小者や下僕が総出で探しているというが、いかんせん人手が足りない。

「一難去ってまた一難ですね」

知世はため息をついた。猛犬を意のままにあつかうのは得手《えて》でも、平右衛門のような頑固者のあつかいはわからない。

「安達さまのご決意をくつがえすことができるのは、お祖父さましかおりません」

「さて、どうかのう。武士に二言なし。それも、昨今ではめずらしく、武士の矜持《きょうじ》にこだわるお家柄ゆえ……」

善右衛門は不安そうである。もちろん知世も楽観はしていなかった。あの平右衛門は他人の意見など聞きそうにない。

「お祖父さまでもお諫めできない場合はどうしたらよいのでしょう」

「堀部さまからお殿さまに頼んでいただくしかあるまい。切腹はならぬと……しかし、そのお殿さまが、当節めったにおらぬ堅物と聞くゆえ……」

赤穂浅野家の心意気を公儀へ知らしめるために、切腹させよ、というかもしれない。

「いずれにせよ、上屋敷を巻きこむわけにはゆかぬ。だれが、なんのために、かような騒ぎを引き起こしたのか、まずは真相を明らかにすることだ」

真之介の言葉に、知世と善右衛門もうなずいた。

「御犬毛付帳を見せてもらいます。お犬たちの似姿絵をつくって、御番所へくばってはどうでしょう」

「わしも安達どのをお諫めする際、下手人の心当たりがないか訊いてみよう。お心を開いてくれさえすれば、なにかわかるやもしれぬ」

一連の騒動には裏があると、善右衛門は考えているようだ。

「おれは下屋敷の者たちに訊き合わせてみる。昨晩、怪しい者を見なかったか、お犬が吠える声を聞かなかったか……」

下屋敷に到着した三人は早速、各々に分かれて行動を開始した。


「少々、よいか」

半刻後、知世がお犬小屋で御犬毛付帳を書き写していると、真之介が入ってきた。

「与平左はどこだ」

「どこにいらしたのか……まだお顔を見ておりません」

知世のかたわらでは、病の癒えた白耀丸の体に鼻づらを寄せて子犬たちが乳を飲んでいる。母子の姿は微笑《ほほえ》ましく平穏そのものに見えたが……立てつづけの異変をおもえば、なにが起こるか、安心はできない。

「なにかわかったのですか」

「わかったとはいえぬが……」

真之介は知世にならい、空樽をとなりに並べて腰をおろした。

「下屋敷の者たちの中に、異変に気づいた者はいなかった」

下屋敷に残っているわずかな家臣とその家族は長屋に住んでいる。お犬養育場とは離れているので、異変を見聞きした者はいないという。

「お犬やお犬係に怨みを抱く者もいないようだ。そもそもお犬のことなど、皆、関心がない。与平左がくさるのも道理。お犬係というのも正式な役職ではないそうで、江戸詰の中から、安達家が代々お犬の世話をまかされているというだけらしい」

「でしたら小竹さまは破格のご出世ですね。児小姓になれば、ゆくゆくはお側用人《そばようにん》にもご家老にもなれるのですもの」

「お犬係とは雲泥の差だ」と、真之介は眉をひそめる。「いちと話したのだが……寝る前に子犬の様子を見に行ったときは、いつもどおり木戸が閉まっていたそうだ。そのあと夜明けまでに二、三度、与平左が見まわりをすることになっていた」

「ということは……」

与平左が下手人か。でなければ見まわりを怠ったか。

「いちはなにかに怯《おび》えているようだった。話をしているあいだじゅう、視線が定まらず、小鼻に汗をかいていた。安達さまが切腹すると聞いて動転しているのはわかるが……他にもなにか隠していることがあるのやもしれぬ」

「そういえば、重湯をつくっていたときも上の空でした。小竹さまにおもいを寄せているようでしたから、逢えなくなったのが悲しくて心ここにあらずなのかと……」

「恋わずらい、か」

真之介はしばらく思案したあと、知世にいちと話をしてくれと頼んだ。

「おれには話せないことも、お犬姫になら話せるやもしれぬ」

「それはどうでしょう。でも話してみます。河合さまは……」

「おれは与平左を捜す」

いちは台所にいた。泣きはらした目が主人の切腹を案じるためだけとはおもえなかったが、口をかたく結んで、いっさい答えるつもりはないらしい。

「万が一にも安達さまがご切腹となれば、小竹さまがどんなに嘆かれるか。安達さまの一命をお救いするためには、お犬さまを逃がした者を捕らえなければなりません。なにか知っていることがあれば話してください」

小竹の名を出して頼んだものの、いちはうんともすんとも答えなかった。

「では、おもいだしたら知らせてくださいね。秘密は守ります」

台所を出て奥の間へ様子を見にゆくと、こちらでも善右衛門が弱りきった顔をしていた。

平右衛門が聞く耳をもたないので、とりつく島がないという。

「それほど死にたいなら勝手にせいと、ここまで出かかったが……」

喉元に手をやって口をへの字に曲げる。

「殿さまとご公儀に書状を認《したた》めておるそうな。わしに話す気はないらしい」

いちもひとこともしゃべらなかったと教えると、善右衛門は苦笑した。

「ご当主から小女《こおんな》まで、さすが赤穂浅野家の御仁じゃわい」

知世もふすま越しに声をかけてみたが返事はなかった。そうこうしているうちに、平右衛門の妻女が知世を呼びにきた。妻女のあとについて台所脇の小座敷へ入る。座敷の片隅には、いちも膝をそろえていた。

「この者には、わたくしが口止めをしました」

妻女はいちに目をむけた。夫の切腹を待つ身ながらも落ち着き払っている。

「もうよいゆえ、わたくしに話したことを話すのじゃ」

いちはおどおどと目を上げ、ごくりと唾を呑んだ。

「ええと、あのう、お犬小屋で、お二人が喧嘩をしておられる、お声が……」

「お二人とは？」

「与平左さまと、平四……小竹さま」

「小竹さまがいらしていたのですか」

いちはうなずく。妻女は眉をひそめた。

「白耀丸が心配で、夜中にこっそりぬけだしてきたのでしょう。いい争っていたそうゆえ、おそらく二人のいずれかが喧嘩の腹いせにお犬たちを……」

「それで安達さまは、ご兄弟のどちらかが咎めだてをされる前に、ご自身で罪をかぶることにされたのですね。お犬を逃がした一件はもとより、小竹さまが大事の最中に許可なく外出したことがお殿さまのお耳に入れば、どのようなお咎めをうけるか。いずれにしても危険は冒せぬとおもわれて……」

「そのとおりです。形の上では親子でのうても、あの子はわたくしたちの血を引く大切な息子です。出世をしてくれれば、当家にとってもこの上ない誉《ほま》れです」

「小竹さまのご出世のためなら、安達家がのうなってもよいとおっしゃるのですか。ご主人が切腹なさっても……」

「切腹は名誉の死です」

妻女が凜《りん》とした声でいったときだった。突然、いちが突っ伏し、堰《せき》を切ったように号泣した。身を揉《も》んで嗚咽《おえつ》するさまに、知世も妻女も声を失っている。

先にわれにかえったのは妻女だった。

「なにを泣いておるのじゃ。いいかげんにおしッ。とっとと台所へおもどりッ」

妻女はいちを追いだした。小女の失態に怒りがおさまらないのか、肩を上下させて荒い息をついている。

「みっともないところをお見せしました。お犬姫さまをお呼びだてしましたのは、事のなりゆきをお話しして、ご一同さまにお引き取りを願うためです」

「わたくしたちに、帰れ、と……」

「はい。これはわが家の、赤穂浅野家の内輪の揉め事。ご心配はご無用にございます」

「でも、このままでは安達さまが……」

「いかになろうとも、旦那さまがお決めになられたこと」

「そんな……他人事みたいに」

「他人事はそちらさまのほうでしょう。こちらからお願いしたわけではありませぬ。速やかにお帰りいただき、当家のことはご放念くださいまし。口外もご無用に」

女丈夫といえば聞こえはいいが、妻女もまた夫に輪をかけた堅物だった。赤穂浅野家はれっきとした大名家、出て行けと命じられれば出て行かざるを得ない。

知世は、善右衛門と真之介に妻女の話を伝えた。

「せっかく駆けつけてやったのに迷惑顔をされるとはのう。どうなっても知らんぞ」

善右衛門は腹の虫がおさまらないようだ。一方、真之介は与平左がまだ見つからず、それが気になっているようで、門を出るや鉄砲洲の上屋敷へ行ってみるといいだした。

「わたくしも参ります。お祖父さま、やはりこのまま帰るわけにはいきません」

「勝手にせいッ」

「いたします」

「やれやれ。堅物は赤穂浅野だけかとおもうたが……」

文句をいいながらも、真之介に遅れまいと歩きだした知世を見て善右衛門もあとにつづく。なにかが――不吉な予感が――三人の胸をざわめかせていた。

四

赤穂浅野家の上屋敷にも与平左はいなかった。

「ご近習《きんじゅ》の皆々さまはすでに伝奏《てんそう》屋敷へお入りにございます。児小姓がたでしたらむろん、伝奏屋敷にてお殿さまの御身のまわりの御用をつとめておられます」

応対に出てきた家臣の話では、今朝がた京より勅使・院使が到着したため、屋敷はごったがえしているという。訪ねたところで面会はできない。となれば、たとえ与平左が弟に会いにいったとしても、無駄足になったはずだ。

堀部弥兵衛老人の所在もたずねてみたが、やはり御用繁多《はんた》とのことだった。

「こんなことだろうとおもうたわ。さて、われらも退散しようではないか」

善右衛門はいち早くきびすをかえそうとした。

「お祖父さま、少々お待ちください」

勅使はいつまで滞在するのかと、知世は家臣にたずねた。

「七日後には帰途につかれるそうじゃ」

では、安達平右衛門の切腹も七日間はお預け、ということになる。

「七日もあるのになにもできぬとは、悔しゅうございます」

小石川へ帰る道で、知世は嘆息した。

「いや、あきらめるのはまだ早いぞ。われらにもできることがあるはずだ」

真之介は虚空《こくう》をにらみつける。

「いかがするつもりじゃ」

「お犬たちを探しだし、つれもどす」

「どこにいるか、見当すらつかんのだぞ。しかも五匹もおるそうな」

「堀内先生に助っ人をかき集めてもらう。というても、大っぴらにはできぬが」

「往生際《おうじょうぎわ》がわるいのう。やめとけやめとけ」

善右衛門は軽くいなしたつもりだったのかもしれない。が、真之介は声を荒らげた。

「父は切腹した。あのときなにもできなんだことを、拙者は今も悔やんでいる」

その言葉にはっと胸を衝《つ》かれたのは、善右衛門だけではなかった。今の今まで真之介は亡父のことを口にしたがらなかった。けれど真之介は、今回の一件が他人事とはおもえなくなったのだろう。身につまされているのだ。

善右衛門は太い息を吐きだした。

「たしかに、わしがまちがっておった。やってみなければわからぬ。たとえ気休めだとしても、うむ、やるだけの価値はある」

「わたくしは御犬毛付帳を写してきました。役に立つはずです」

平右衛門が切腹するのを今か今かと待つより、できるかぎりの努力をしたほうがよい。

三人は犬を探す手立てを語り合った。


最初にその人影に気づいたのは知世だった。

道端にたたずんで堀内家の様子をうかがっている。裏木戸から人が出て来るのを待っているのか。男のうしろ姿に見覚えがあった。

「あれはもしや……与平左さまではありませんか」

「おう、与平左だ。かようなところでいったいなにをしておるのか」

「困ったことがあったら知らせるようにといい置いてきましたから、きっとそれで」

声に気づいてふりむいた与平左は、近づいてくる三人を見て一瞬、逃げ帰りそうな素振りを見せた。知世はすかさず声をかける。

「安達さま。与平左さま。わたくしたち、今、お宅へおうかがいしたところです」

与平左は硬直した。あきらめか安堵か、すぐさま表情を和《やわ》らげる。なにがあったか知っているなら説明する手間も省けるし、逃げても無駄、とおもいなおしたのだろう。

「実は……父のことで頼みがある」

「ちょうどよい。こちらも聞きたいことがある」

「ソレソレ、門前で立ち話もなんじゃろう、入った入った」

「ここはわたくしにおまかせください」

知世は善右衛門と真之介に目くばせをした。与平左を離れの小座敷へ案内する。最初に会ったときの横柄《おうへい》な態度は消え失せて、与平左は気弱な顔だった。憔悴している。気力も尽きかけているようだ。藁《わら》にもすがるおもいで訪ねてきたのだろう。

「お犬小屋ではお見かけしませんでしたね。どこにいらしたのですか」

「上屋敷。弟に会いに。だが取り込み中ゆえ顔を見ただけだ」

小竹は、犬が逃げたことも、そのせいで父親が切腹しようとしていることも知らないようだった。動揺させまいと、与平左も話さなかったという。

「では、お犬さまを逃がしたのは小竹さまではない、ということですね」

「さよう。なぜ逃がしたのか、安達家に害がおよぶと知っての上でしたことか、そう問いただすつもりで出かけたのだが……」

ということは与平左の仕業でもないわけで……。

「わたくしはあなたさまがお犬を逃がしたとおもうておりました」

ずばりといわれて、与平左は目をしばたたいた。

「馬鹿な、みすみす家名を汚すようなことをするものか」

「小竹さまと喧嘩をなさったそうですね。お犬さまのお世話に嫌気がさしていたのでしょう。それゆえ喧嘩の腹いせに……」

「たしかに、おれはお犬の世話にうんざりしている。弟が児小姓になったことも、おもしろうはない。が、だからといって、厄介事の種をこれ以上増やすつもりはない」

そもそも犬がいなくなった夜は喧嘩などしなかったと、与平左は憤然としている。あの夜、小竹は白耀丸が死んだとの知らせをうけて駆けつけた。ところが嘘だとわかって腹を立てていたという。与平左はなだめて帰らせた。

「いちは喧嘩だといったそうです」

「おれたちの声を聞いてそうおもったのだろう」

与平左が知世に会いにきたのは、逃亡した犬たちをつれもどしてほしい一心からだという。瀕死の白耀丸を生きかえらせたお犬姫さまなら奇跡を起こしてくれるのではないかと、一縷《いちる》の望みを抱いているようだ。

「わたくしたちも帰り道で相談をしていたところです。まずはお犬たちの似姿絵をつくって、片っ端から訊き合わせてみようと……」

与平左は手を合わせた。

「親父は忠義ひとすじの頑固者だ。おれたちは幼い頃から忠義こそ命にも優るといわれて育った。たかがお犬係のくせに……とおれは逆《さか》ろうてばかりいたが、弟は父をだれより崇めていた。それがよけいに腹立たしゅうての、おれは、親父を、憎んでいた。憎んでいるとおもっていた。しかし今おもえば……」

まだ子供だったとき、与平左は入るなといわれた小屋に入ってしまった。獰猛なお犬に襲われ、あわや死にかけた。そこへ平右衛門が駆けつけ、与平左におおいかぶさって盾になってくれたという。

「親父は咬まれて大怪我をした。それなのに、よかったよかったと泣いて、ひとことも叱らなかった。そんなこともあったのだ。だからというわけではないが……やっぱり、親父には死んでほしゅうない」

与平左の目に涙がにじんでいる。

翌日、翌々日と知世たちは手分けをして犬を探した。が、収穫は一匹だけ。焦燥は濃くなる一方だ。疲労困憊していたせいか、夕餉の仕度をしていた知世は鍋を落としてしまった。バシャンと音がして湯が足にかかる。

「おやまぁ」と、お静が頓狂《とんきょう》な声をあげた。「煮え立った湯でのうてよかったこと」

「すみません。うっかり手がすべって……」

「お疲れなのですよ。朝からずっと出歩いて……。それはね、人助けだってのはわかります。なにもするなとは申しませんが、そんな雲をつかむような話……」

「一匹、見つかりました。お犬駕籠で運ぶとき、似姿絵とそっくりだと気づいてくれたお人がいたのです」

「まだ四匹もいるのでしょう。とてもとても」

板敷に座って蕗《ふき》の茎のすじをとっていた母が顔を上げて、手招きをした。

「いらっしゃい。この雑巾でお拭きなさい」

知世は母のそばへ行く。ぬれた足を拭きながら、捕らえた犬を引き取りにきたときの、与平左のうれしそうな顔をおもいだしていた。

「お犬の世話は嫌だといっていたのに……本当はそうでもないようです。だって、お犬さまもちぎれんばかりに尻尾をふって手のひらを舐めていましたもの」

犬は知っている、敵か味方か、自分を愛おしんでくれる人間か、そうでない人間か。

「逃がしたのは与平左どのではないということですね」

「はい。外からだれかが忍びこんだのでしょう」

知世がいったときだ。ドスンと音がした。知世がこぼした湯に足をとられてすべったのか、お静が尻餅をついている。

「お静さまッ、お怪我はありませんか」

知世は駆けよって抱き起こそうとした。大柄でみっちりと肉のついたお静を抱き上げるのは至難の業だ。二人でころげそうになりながら、ようやくお静をかまちにかけさせた。

「わたくしのせいで、ごめんなさい」

「いいえ、水がこぼれたくらいでようございました。うっかりして火事でも出そうものなら……そういえば、昨年の今ごろは大火でしたね」

「ええ。わたくしたちは中野におりましたが、両国橋まで焼けたと聞いたときはほんに恐ろしゅうて……」

「母さまが親しくしていらしたお人も焼けだされたのでしたね」

「わたしも昔、焼けだされたことがありますよ。いえ、家は焼けなかったのです。でも火がこっちへ来る、危ないといわれて家財道具を荷車に積んで……かれこれ十五年か、もっと前、お犬姫さまはお小さかったからご記憶にはないでしょう。ほらあれは……」

「駒込《こまごめ》、本郷、浅草と焼けた……そう、八百屋お七《しち》の火事でしたね」

「そうそう、お七は鈴ヶ森で火あぶりになりました」

聞いたことがあるような気もしたが、知世は首をかしげる。

「お七はなぜ、付け火などしたのですか」

「恋のためですよ。火事で焼けだされれば、もう一度、逢えるかもしれぬと。惚れた相手は以前、焼けだされたときに寺で逢った男だそうで……」

「恋のために付け火をするなんて、正気かしら」

「お七は十六かそこいらの娘でしたからね、そのくらいのときは、後先《あとさき》が見えなくなるものです。自分では大それたことをしているつもりはない、ただ逢いたい一心で、とんでもないことをしでかしてしまう」

「逢いたい一心で……」

知世はお静の言葉を反芻《はんすう》していた。

十六の娘が、惚れた男に逢いたい一心で、とんでもないことをしでかす――。

はっと息を呑む。

「ちょっと出かけてきますッ」

いい終わる前に下駄を履いていた。

「こんな時刻にどこへ行くつもりですか」

「お犬姫さま、知世どのッ、日が暮れますよ、明日になさい」

母やお静の呼び止める声も耳に入らない。

まだ暮れきってはいなかった。知世は木戸を出て、路地を辻とは反対の方角へ急ぐ。

真之介の長屋は路地の奥にあった。

「河合さまッ、河合さまッ」

木戸口で呼び立てると、真之介が何事かととびだしてきた。

「間に合わなんだかッ」

平右衛門が切腹したと勘ちがいしたようだ。

「いいえ、ちがいます。お犬を逃がした者がわかったのです」

「なんだってッ。おれたちの知ってるやつか」

真之介は両手で知世の肩をつかむ。

知世はうなずく。話を聞くや、真之介も目をみはった。

「おもうてもみなんだが、なるほど……。しかし、いちの仕業だとしたら、なにゆえお犬たちを逃がしたのか」

白耀丸が死にかければ小竹が駆けつける。そう考えたのはわかる。が、お犬たちが逃げても、小竹がとんでくるとはかぎらない。

「わたくしもそうおもっていました。でも、与平左さまがお咎めをうければ、小竹さまがご実家を継ぐことになるかもしれない。折り目を大切にする家風ですから」

「たしかに……いや、そうにちがいない。なぜ気づかなんだのか」

「今おもえば、いちははじめから妙でした。お静さまから八百屋お七の話を聞いて、はっとおもいついたのです」

平右衛門はどうだろう。気づいていたのか、いないのか。

「どちらともいえんな。すべてがいちの仕業だとしても、噂がひろまればある事ない事尾ひれがついて、小竹にも禍《わざわい》がおよびかねない」

「息子たちのために、うやむやにしたまま、お腹を召されることにしたのですね」

二人はそろってため息をついた。知世の臆測が当たっているならお犬を逃がした者が明らかになったわけで、快哉《かいさい》を叫んでもよい。けれどそれがいちとなると――。いちを訴えて、お縄にできようか。安達家の人々は、さらなる災難を抱えこむのではないか。

「安達さまに切腹をおもいとどまっていただくにはどうしたらよいのでしょう」

「うむ。やはり、逃げたお犬をつれもどすしかあるまい。といって、いちをこのまま放っておくわけにもゆかぬの」

「わたくしも心配です。せめて話ができればよいのですが」

「あと五日か。刻限が迫っている」

「ええ。お犬探しが先ですね」

「明日は渋谷村《しぶや》から高輪《たかなわ》あたりまで足を伸ばしてみる。堀内先生も助っ人の数を増やしてくださるそうだ」

「わたくしは祖父や弟と青山から麻布界隈《あざぶかいわい》を探してみます。母にも文を書いてもらうつもりです。中野にいる父や兄にも気をつけていてもらわないと」

お犬小屋へ運ばれた野犬の中に、逃げた犬がいるかもしれない。

「よし。今はできるかぎりのことをするのみだ」

「はいッ。まだ五日あるのです、わたくしもあきらめません」

二人は健闘を誓い合った。

ところが、その翌日、暮れ時になってまたもや——今度は堀内先生から——驚天動地の知らせがもたらされた。

五

堀内源左衛門は器量人《きりょうにん》である。鷹揚《おうよう》で磊落《らいらく》、剣術指南だけに肝がすわっていて、たいがいのことには動じない。その先生が血相を変えて駆けこんできたのは、知世たちがいつもより遅めの夕餉をとっているときだった。

お静はとうに母屋へ帰っている。堀内家には下僕と小女がいた。先生が外出するときは弟子がついているから、通常なら先生自ら知らせにくることはない。つまり、それだけの大事、ということである。

「大変な、ことに、なった」

先生は玄関の式台に腰を落として荒い息をついた。常ならぬ動転ぶりに、一家全員、母までが固唾を呑んで次なる言葉に耳を澄ませる。

「赤穂浅野家の、お殿さまが、殿中で、刃傷《にんじょう》に、およんだそうな。お殿さまはご切腹、お家はお取り潰し、お屋敷は大騒ぎになっておるらしい」

一気にいわれたものの、だれ一人、すぐには理解できなかった。赤穂浅野家の家臣に切腹をおもいとどまらせようととびまわっている最中だから、混乱するのも無理はない。

「にんじょうってなんのこと？」

善次郎が真っ先に聞きかえした。

「だれを、だれが、斬りつけたのですか」

「その場で切腹だと……即刻お取り潰しなど、聞いたこともないわ」

母と祖父もけげんな顔だ。

「先生。わかるように話してくださいい」

「話そうとしておるではないか。皆、ちと、黙っていてくれ」

この日は勅使・院使が登城して、昨日の饗応と観能《かんのう》の礼を述べることになっていた。ところがどのような諍《いさか》いがあったのか、饗応役の赤穂浅野家の殿さま、内匠頭が、殿中の松の廊下で、高家《こうけ》筆頭の吉良上野介《きらこうずけのすけ》にいきなり斬りつけた。内匠頭は取り押さえられ、そのまま大名家へお預けとなり、そこへ改易の沙汰がとどいた。しかもその日の内に切腹を命じられたという。

「城中で騒動があったとは聞こえていた。だが、臆測ばかりが飛び交うて、なにがなにやらまるでわからぬ。流言蜚語《りゅうげんひご》には踊らされまいと静観しておったのだが……」

赤穂浅野家がかかわっているとなれば聞き流してもいられない。先生の弟子には堀部弥兵衛・安兵衛父子をはじめ赤穂の家臣が何人もいる。いてもたってもいられず、先生は本所の細井広澤《ほそいこうたく》の家まで真相をたしかめに出かけた。細井広澤は幕府御用達の儒学者で、先生の高弟の一人でもある。

「ご当人はお留守だったが、家人からあらかたは聞いた。たった今、もどったところだ」

「では、お殿さまはもうご切腹されたのですか」

知世は母の手をにぎりしめる。

先生は手の甲で額の汗をぬぐった。

「それはわからぬ。が、この時刻ゆえ、おそらくは……」

「いくらなんでも、そんなに早うご切腹とは……前代未聞じゃ」

「勅使・院使が来訪中の、将軍家の威信にもかかわる不祥事だ。恥をかかされた上さまはたいそうご立腹になったそうゆえ、だれもお諌めできなんだらしい」

青天《せいてん》の霹靂《へきれき》とはまさにこのこと。平穏な朝を迎えた家臣たちは、夕刻には一切合切を失って奈落の底へ突き落とされた。だれもが途方に暮れているにちがいない。弥兵衛老人はどうしているのか。小竹は、与平左は……あの平右衛門は、それでもまだ切腹をいいたてているのだろうか。知世の眼裏《まなうら》に、平右衛門の頑固一徹な顔が浮かんでいる。

先生が細井邸から駆けもどってきたのは、有志をつのるためだった。

「取り込み中ではあるが、われらもこうしてはおれぬ。なんぞ手助けできることがあるやもしれぬゆえ、これより鉄砲洲へ参る」

それを聞いて、善右衛門もあわてて身支度をはじめた。

「止めても無駄だ。赤穂のご隠居とは刎頸《ふんけい》の友、ここは這ってでも行かずばなるまい」

「お祖父さま。仇討の助っ人ではありません。襷はしなくても……」

「いや、心意気だ。野次馬を追い払うくらい、わしにもできる」

鉄砲洲まで行けば日が暮れてしまう。だが止めたところで、先生も善右衛門も聞く耳はなさそうだ。それがわかっているからか、母はなにもいわずに送りだした。

「母上。お願いがあります」

「よもや、そなたまで行くつもりではないでしょうね」

「赤坂の下屋敷へ行かせてください。安達家の様子を見てこなければ」

真之介は先生の弟子だから鉄砲洲へ行くはずだ。弟をつれていってもよいかとたずねると、母は案じ顔になった。それでも反対をしなかったのは、ここ数日の知世の働きを見ていたからだろう。知世たちは、縁もゆかりもないお犬係の命を助けるために、必死のおもいで犬を探しまわっていたのだ。

「用心棒には堀内家の下僕をお借りしましょう。お静さまを呼んでいらっしゃい。お頼みしたきことがあるのでご足労いただきたいと、くれぐれも丁重に申し上げるのですよ」


溜池へ出る前にとっぷり日が暮れた。

堀内家の下僕の乙吉《おときち》は、道端にしゃがんで火打箱を取りだし、提灯に火を入れて知世と善次郎に手わたした。用心棒どころか野犬に吠えかかられただけで腰をぬかすほどの頼りなさだが、それでも枯れ木も山のにぎわいである。

「明日をも知れぬ身とは、お武家さまも楽じゃござんせんね」

怖がりのくせにお調子者の乙吉は、道々、ほとんど途切れなくしゃべっていた。礼儀作法や言葉づかいにとりわけ厳しいお静の目がとどかないので気がゆるんだのか。乙吉は乙吉なりに、江戸をゆるがす大騒動にかかわる遠出に興奮しているのだろう。

「詳しいこたぁ存じませんがね、赤穂浅野といやぁ、仮にも五万石のお大名家、いくらなんでも即日に切腹、お取り潰しとは……。公方さまも京の手前、恥をかかされてカッとおなりあそばしたんでしょうが、だとしたってあまりといえばあまりの短慮……」

「公方さまはしょっちゅうカッとするんだね」

善次郎が口をはさんだので、知世と乙吉は目を丸くした。

「だってほら、鳥の糞に怒って巣を取り払えと命じたのも公方さまだって」

「そういえばそんな話を……よく覚えていたわね」

時が時でなければ笑っていたかもしれない。が、今はそれどころではなかった。赤穂浅野家の殿さまが鳥なら、巣を取り払われただけではすまない。即座に撃ち落とされ、遺されたヒナたちまで路頭に迷ってしまったのだから。

殿さまも憐れだが、家臣やその家族の悲劇はいかばかりか。知世の胸は痛んだ。知世の父も御犬索という役職がなくなったときは途方に暮れていた。家族の一員のように愛おしんできた犬たちを中野の御犬小屋へ送るときは、知世も善次郎も泣いて別れを惜しんだものだ。幸い一家が路頭に迷うことはなかったし、やがて中野へ移ることになったから犬たちとも再会できたものの……かつてのように犬と和気あいあいに暮らした日々は、二度ともどってはこなかった。

「ご家臣の皆さまはどうなるのかしら」

「奥さまも案じておられました。そろいもそろって血の気の多いご家来衆ばかりだから、追い腹を切る者が出るのではないか、と」

「追い腹ッ」

知世は息を呑んだ。殉死はご法度《はっと》である。が、お犬係が主家のために腹を切るといいだすような家風なら、血気はやって殉死者が出ることも大いにありえる。もしそうなら、率先して追い腹を切りそうなのは弥兵衛老人と婿の安兵衛だろう。

不安が増すにつれて、歩みも速まる。

赤穂浅野家の下屋敷は閑散としていた。顔見知りの門番が、以前とはうってかわって所在なげな様子で貧乏ゆすりをしている。聞けば、主だった家臣は上屋敷へ呼ばれ、今後の手筈について指示をうけているところだとか。お家がお取り潰しとなれば、赤穂城はむろん、江戸の屋敷も明け渡さなければならない。なにをどこへ運ぶか、荷造りだけでも気が遠くなりそうな作業である。

「噂を聞きつけた暴徒が押しよせるやもしれぬ、守りを固めよ、といわれておるのだが、固めるもなにも、手前どもだけでは太刀打ちもできぬ」

安達家はどうしているかとたずねると、平右衛門はまだ立てこもっているとやら。忠義を尽くすべき主君と主家が消え失せたといわれても、にわかには信じられないのだろう。上屋敷とちがって詳しい状況を知るすべがないので、判断ができずにいるのだ。

「よかった、生きておられるのですね」

「しかし、どうも事情を呑みこんでおられぬようだ。上屋敷からの呼びだしにはご子息がかわりに出むかれた。お犬たちの処遇についても指示を仰ぐことになろうが……」

門番は知世たちが中へ入るのを拒まなかった。もはや咎められることはないとおもうのか、端からやる気をなくしている。門番や小者は年季奉公の渡り徒士である。

知世、善次郎、乙吉の三人は人けのない庭をぬけて、安達家へ急いだ。

玄関で訪《おとな》いを入れると、いちではなく、平右衛門の妻女が出てきた。知世たちを追いだした女とは別人のようで、ほつれた鬢や目元の隈《くま》が痛々しい。

妻女はもはや三人を追いだす気力もないようだった。

「いちが出て行ってしまいました。こんなときに、わけもいわず。そこへお家の一大事……なにがなにやら、わたくしはどうしたらよいかわかりませぬ」

おもったとおりだ。いちは自分のしたことが恐ろしくなったのだろう。かといって洗いざらい打ち明けて許しを乞う勇気もない。悩みぬいたあげく逃げだしてしまったのだ。

「安達さまと話をさせてください」

「なにをいっても無駄ですよ。旦那さまは、とても正気とは……」

永い歳月、お犬係に甘んじてきた男は、今こそ一世一代の晴れ舞台とおもい定めているのだ。言を左右すれば息子たちに示しがつかぬと依怙地《いこじ》になっている。

その頑固者に、どうやって切腹をあきらめさせるのか。

妙案もないままに、知世は平右衛門のもとへおもむいた。

安達平右衛門は、知世がおもっていた以上の傑物だった。

理屈はとおっている。お犬を逃がした者がだれであれ、お犬係としてありうべからざる過《あやま》ちを犯した。そのために切腹をするのであって、今、当家で起こっている騒動のせいではない。武士がいったん口に出したことを違《たが》えれば、赤穂浅野家は後々まで笑いの種にされるだろう。かような刻《とき》なればこそ、赤穂武士の心意気を見せてやるのだ……と、閉じきった襖《ふすま》のむこうで息巻いている。

「お殿さまもお家もなくなるのです、なにもそこまで……」

「息子たちに事あるごとにいって聞かせてきた。なにより大切なものは忠義だ、と」

「死んでは元も子もありません」

「いや、わしが死ねば丸くおさまる」

「いいえ。今ご切腹をされたら追い腹だとおもわれますよ。ご法度を犯せば、かえって忠義に背くことにもなりかねません」

平右衛門は絶句したようだった。追い腹という言葉に驚いたのか。

「ここにこもっていらしては表の様子がわかりません。上屋敷は大変なことになっているそうです。お屋敷を明け渡すとなればすぐにも準備にかからなければなりませんし、お犬が何匹逃げたか、だれが逃がしたか、そんなことにかまっている暇《いとま》はありません」

見てきたわけではなかったが、堀内先生の動転ぶりからすれば騒動の大きさは容易に想像がつく。この下屋敷でも、母屋や長屋ではすでに大騒ぎになっているにちがいない。

ようやく、襖が開いた。

平右衛門は幽鬼のようだった。兄か弟か、いずれがお犬を逃がしたとしても、わが子の命を救いたい、自分の命であがなうことが主家への忠義でもあると一途におもいつめるあまり、物もろくに喉をとおらなかったのだろう。

「旦那さまッ。今、湯漬けをお持ちします」

妻女がはじかれたように立ち上がった。そのとき――。

玄関でざわめきが聞こえた。善次郎が興奮した様子でだれかと話している。と、あわただしい足音がして、善右衛門が駆けてきた。

祖父は堀内先生の一行に加わって上屋敷へ行っていたはずだ。

「安達どのッ。急げッ」

今度はなにごとか。

「急げ？　いずこへ参るのだ」

平右衛門は半ば放心している。善右衛門は地団太《じだんだ》を踏んだ。

「泉岳寺《せんがくじ》じゃ。殿さまのご遺骸は高輪のゆかりの寺へ運ばれたそうな。ぐずぐずしておる場合ではなかろう。ご子息の追い腹を止めねばならぬ」

追い腹ッ、追い腹ですって……知世と妻女は顔色を変えた。

善右衛門によると、一行が上屋敷の表門や裏門に陣取って様子をうかがっていたときだ、与平左がとびだしてきた。むろん善右衛門たちが待機していることは知らせてある。与平左によると、上屋敷に家臣郎党が集っているが、伝奏屋敷で殿さまの身のまわりの世話をしていた児小姓たち数人の姿が消え失せたという。

弟は父から忠義を叩きこまれた。新たな姓名をもらい、すでに実家とは縁を切っている。帰る家はないと心得て命がけでご奉公せよ、そう檄《げき》をとばされて送りだされたのだ。生真面目な弟のこと、追い腹を切るのではないかと与平左はにわかに不安になった。

「河合真之介がただちに泉岳寺へむかった。わしはおぬしを呼びに参ったのじゃ」

万にひとつ、小竹が殉死するつもりだとして、それを止められるのは父親しかいない。忠義を教えた父自らが「そは忠義にあらず、止《や》めよ」と命じれば、小竹はおもいとどまるはずである。たった今、知世が平右衛門に〈殉死はご法度〉とおもいださせたように。

「大切なお子をむざむざと死なせてはならぬ」

善右衛門のその言葉が平右衛門を正気にもどしたか。平右衛門は腰を上げた。足腰が弱っていたためにころびそうになったものの、かろうじてこらえ、おぼつかない足取りながらも善右衛門に急《せ》かされて玄関へむかう。

玄関では善次郎が早く早くと手招きをしていた。

「姉上も。早う参りましょう」

知世は首を横にふり、祖父に声をかけた。

「先にいらしてください。わたくしと善次郎はあとから追いかけます」

「姉上ッ、ぐずぐずしてたら間に合わないよ」

「大事なことがあるのです。いいから善次郎、いっしょにいらっしゃい」

知世は弟の手を引っぱって、祖父や平右衛門とは反対の方角へ駆けだした。


悲劇は止められなかった。家臣や目付が席をはずした一瞬の隙に、児小姓の一人が追い腹を切った。

「待てッ。早まるなッ。追い腹はご法度だぞッ」

泉岳寺の本堂の片隅で、真之介と小竹が揉み合っている。

「放せッ。罪人となってもわれ一人のこと、だれにも迷惑はかけぬ」

「なにをいうッ、そなたを死なせぬためにお父上は……」

「いいや、おめおめと生き恥をさらせば、父に不忠者とそしられよう。放してくれッ」

「馬鹿者ッ。これでも食らえッ」

小竹は少年だ。華奢《きゃしゃ》でひ弱である。真之介の拳《こぶし》は容赦なく小竹の鳩尾《みずおち》に食いこんだ。

知世が駆けつけたとき、小竹は真之介に見守られて、本堂からいちばん離れた塔頭《たっちゅう》の一隅にいた。寺の小坊主の話では、殉死した児小姓の遺骸は棺桶に納められて裏手からいずことも知れず運びだされたとのことで、この件は厳重な箝口令《かんこうれい》が敷かれているという。これ以上の騒動は迷惑至極、小竹も人目につかないところへ隔離された。

「間に合ったのですね」

知世は安堵の息をつく。

「危ういところだったが、与平左がわれらに知らせてくれたおかげで小竹どののお命を救うことができた。いや、今少し早ければだれも死なせずにすんだやもしれぬが……」

当て身を食らって意識を失った小竹は、塔頭で目覚めたとき、しばらく茫然としていたという。いったん水を差されると容易には死ねないもので、刀を取りあげられたこともあってもう追い腹を切るとはいわなかった。が、目をかけてくれた殿さまや同輩の死を悼んで悲嘆に暮れるばかり。

「お父上とは話されたのですか」

「ああ。大事の最中ゆえ短時間ではあったが、二人きりで話し合うた。おかげでだいぶ落ち着かれた」

平右衛門はそのあと本堂へ出て、続々と集まってきた家臣郎党と共に殿さまのご遺骸を埋葬する手伝いをはじめたという。善右衛門のほうは、堀内先生の指示のもとで弥兵衛老人の手助けをするため、鉄砲洲の上屋敷へもどった。

「手が足らぬそうだ。上屋敷から来た者の話では、早くも暴徒が押しかけておるらしい。おれも上屋敷へもどる。小竹どののことは……」

「おまかせください。もしや、お父上のお言葉も耳に入らず、熱気にあおられて追い腹に固執なさるようでしたら、と……」

小竹はあの堅物の父と母の息子である。

「いえ、もしか帰るところもなく自分を待っている者もいないとおもいこみ、意気消沈しておられるようならば……今一度、生きる気力を取りもどしていただくよう、わたくしがよう効く薬をお持ちしました」

真之介はけげんな顔をした。

「薬？　なんの薬だ」

「白耀丸です。寺門の外で、善次郎といっしょに待っています」

六

つややかな深緑の葉が堀内家の裏庭を彩っている。重なり合った円《まる》い葉のあいだから今は花も実も見えないが、これは椿の木だ。

いつだったか、知世がこの木から落ちた実を拾い上げたとき、椿の実だと教えてくれたのが、初対面の堀部弥兵衛だった。弥兵衛老人の話では、首が落ちる椿を不吉なものとする武家の風習などものともせず、堀内先生がこの木を植えたとか。

その先生は、春の終わりに最後の花がぽとりと落ちたとき、かたわらにたたずんでじっと見つめていた。おそらく弥兵衛老人の主家の不幸を悼んでいたにちがいない。

赤穂浅野家の当主・内匠頭が殿中で刃傷におよんだのは、去る三月十四日。内匠頭はその日の内に切腹、お家お取り潰しの沙汰が下った。それからしばらくは赤穂浅野家がどう出るか、籠城・抗戦もあるかもしれぬと巷《ちまた》は騒然としたものの、翌月十九日に赤穂城はつつがなく開城、騒動は幕を下ろした。鉄砲洲の上屋敷内の長屋を引き払った弥兵衛一家は、妻の兄の縁者の家に身を寄せたと聞いている。

騒動の前後、赤坂の下屋敷へ一度ならず駆けつけ、安達家の一喜一憂を目の当たりにした知世は、ふしぎな縁をおもわずにはいられなかった。

明日、なにが起こるか。一転、二転、三転……あまりにもめまぐるしくて、いまだに夢を見ているような気がする。

犬の声がした。威嚇する声ではなく、甘えて呼びたてる声だ。知世の目の先、椿の木立の脇に大ぶりの丸太の檻《おり》が置かれている。その中で、白耀丸が尻尾をふっていた。母犬の足元では、ひとまわりもふたまわりも大きくなった子犬たちが跳びはね、じゃれまわっている。

「みんな、仲よく遊んでいるようですね」

檻のそばへ行くと、白耀丸が丸太のあいだから鼻をつきだしてきた。子犬たちも真似をする。知世はしゃがんで、かわるがわる鼻の頭をなでてやった。

「やれやれ。よもや、ここでお犬さまを飼うとは……おもいもしませんでしたよ」

背後でお静の声がした。ため息まじりにつぶやきながらも、子犬たちの愛らしさに目を細めている。アラ煮の入った鍋をかかえているところを見ると、犬に餌をやりにきたようだ。犬たちはいっせいにお静に尻尾をふりたてた。

「いつまでここに置いておくつもりですか」

「すみません。もう少しだけ……」

「中野へは知らせをやったのでしょうね」

「ええ。でも父は手いっぱいで、しばらく待つようにと……」

「まことですか。そんなことをいって、ずっと飼おうったってそうはいきませんよ。六匹もいるのでは、ご近所にも迷惑です」

赤穂浅野家の江戸屋敷明け渡しの際、お犬係が犬の数を申告した。もとより六匹だったから子が生まれて七匹。白耀丸と五匹の子犬、探索で見つかった一匹を入れればこちらも七匹、どさくさまぎれの数合わせで丸くおさまったのは幸いだった。五万石の大名家のお取り潰しという大騒動の最中では、だれも犬に注目する者はいない。

問題は犬の行先だった。あとから見つかった一匹は中野の御囲へ送るとして、子犬にはまだ母犬の乳が必要である。

「わたくしがつれて帰ります」

知世は申し出た。居合わせた者たちは耳を疑った。犬というだけで尻込みをされるご時世に、だれが好きこのんで犬の母子を引きとろうか。たとえ子犬たちの成長を待って中野へ送るまでの苦肉の策だとしても、十人が十人、あきれかえったのは無理もない。

知世自身、無謀なのは承知していた。しかも住まいは堀内家の借家で、知世一家には母子六匹もの犬を食べさせてゆくだけの余裕はない。

それでも、知世は確信していた。堀内先生は反対しない、と。なぜなら白耀丸は、忠義の鑑《かがみ》のようなお犬係に育てられた犬、殿さまのために追い腹を切ることも厭《いと》わなかった児小姓が愛おしんでいた犬、悲劇にみまわれた赤穂浅野家のお犬さまなのだから。

知世はあの夜、泉岳寺の門前で白耀丸を抱きしめる小竹を見たときから、すでに心を決めていた。もし小竹が飼えないなら自分が飼おう……と。

平右衛門は、気骨の士らしく、籠城・討死も辞さぬと赤穂へむかったと聞く。与平左は母と共に遠縁の商家へ身を寄せた。武士を棄てる覚悟をしたらしい。小竹は――。

仏門に入った。なんとしても修行をさせてくれと泉岳寺の僧侶に頼みこんだという。

そんなわけで、今は知世が白耀丸の飼い主である。

「白耀丸。さぁお食べ。おやさしいお静さまがお持ちくださったのですよ。ほらほら、おまえたちも。たくさん食べて大きゅうなるのです」

「あれ、また奪《と》られた。あの茶色の耳の子は大丈夫かしら。敗けてばかりいては大きゅうなれませんよ。ほれほれ、しっかりしっかり……」

いつのまにか、お静も身を乗りだしている。

「そうね。お静さまのお気に入りのあの子は茶耳丸《ちゃみみまる》と名づけましょう」

白耀丸の鼻をなでながら、知世は忍び笑いをもらしている。

第三話　仇討お犬侍

一

カナカナカナカナ……と、蜩《ひぐらし》の声が聞こえる。束の間の逢瀬《おうせ》を惜しむような、物悲しい声だ。

離れの茶の間で、知世、母、お静の三人が針仕事に勤《いそ》しんでいた。単衣《ひとえ》を袷《あわせ》に縫いなおしている。あとふた月もして庭の木々が色づくころになったら、防寒のために綿を入れる。春にはその綿をぬき、夏の気配を感じるころには袷を単衣に縫いなおす。女の一年は、更衣《ころもがえ》に追われる一年でもある。

「早いものですね。いつのまにか、また秋が近づいてきました」

母は吐息をもらした。青白い顔に不甲斐なさ申し訳なさがにじんでいるのは、体調がすぐれないため家族に迷惑をかけているという負い目があるからだろう。

「蜩や法師蟬《ほうしぜみ》なら風流ですみますが、あのお小さいお犬さまときたら……キャンキャン、キャンキャンうるそうて」

お静は木立の先の犬小屋があるあたりへ、がっしりした体格に見合う頑丈な顔をむけた。眉をひそめてはいるものの、そのうるさい子犬が、お静はとりわけ可愛くてならぬのか。餌をやりながら愛おしげに話しかけているところを、知世は何度も見ている。口うるさくて愛嬌がないだけで、根は気のいい女だ。

春先に殿中で刃傷があった。騒動の因《もと》となった赤穂浅野家は即日、当主切腹の上、お取り潰しになっている。その赤穂浅野家から知世がつれ帰った白耀丸と五匹の子犬のうち四匹は中野の御囲へ送られたものの、白耀丸と茶耳丸の母子はいまだ堀内家の裏庭の、にわか造りの犬小屋で暮らしていた。

「茶耳丸は食が細くて育ちがわるいのです。もうしばらくおいてやってください」

「あれだけ吠える元気があるなら……でもまぁ、お犬姫さまがそうなさりたいのなら」

お静がそれ以上いわないのは、子犬たちは御囲へ送るという当初の約束を今さら引っこめるのは沽券《こけん》にかかわるとおもっているからだろう。

ふいに、道場の方角で大音響がした。入り乱れた足音に罵声《ばせい》の応酬《おうしゅう》、竹刀を打ち合う音も聞こえる。

「なにごとでしょう」

「喧嘩かしら。見て参ります」

知世は腰を上げた。

道場では十余人の男たちが竹刀をふりまわしていた。取っ組み合いをしている者もいる。半分は知世が見たことのない顔だから、殴り込みをかけてきた者たちが、堀内先生の弟子たちと乱闘をはじめたのだ。

「とばっちりを食らうぞ。離れへ帰っておれ」

目ざとく知世の姿を見つけて、祖父の善右衛門がとんできた。背中を押して追いたてようとする。

「なにがあったのですか」

「先生の評判を聞いて剣術指南を頼んでくる大名家や旗本家が増えた。あやつらは小石川でも伝通院《でんづういん》の先、白山権現《はくさんごんげん》の門前町を根城とする一刀流《いっとうりゅう》の一派での、このところ、なにかというと因縁をつけてくる。指南先を奪われ、腹を立てておるのだろう」

白山一派は、堀内先生が出稽古で不在と知った上で暴挙におよんだようだが、居合わせた弟子たち相手でも劣勢はあきらかだった。

知世が退散する前に戦闘は終わった。

「畜生ッ。お、覚えてやがれッ」

「このままですむとおもうなよッ」

ある者は足を引きずり、ある者は腰をさすり、あるいは鼻血をおさえながら、恨めし気に退散してゆく。

あとに何者か、見慣れぬ男が当惑顔で突っ立っていた。

「あいつらの仲間か」

弟子の一人に声をかけられて、男は夢から覚めたように目をしばたたいた。背丈はさほど高くないものの、骨太のがっしりした体格で、ぼさぼさの総髪に無精髭を生やしている。大小を腰に落としこんでいるから浪人者か。強面《こわもて》に見えるが、丸い目鼻は愛嬌があり、存外、人がよさそうである。

男は両手を突きだしながらあとずさりをした。

「め、めっそうもない。拙者は、たまたま、居合わせただけにござるよ」

訪いを入れようと中を覗いていたところが、狼藉者《ろうぜきもの》の一団がやってきて突きとばされた。なにがなにやらわからぬままに乱闘を眺めていたという。

「ふむ。して、お手前は?」

「ゆえあって国元を出奔《しゅっぽん》、江戸へ出て参ったばかりにござる」

江戸の剣術道場には諸国から指南を乞う者たちが集まってくる。複雑な事情を抱えている者が大半なので、互いに身の上話はしない。

「いずこにお泊まりか」

「それはまだ……堀内先生のご高名を耳にして、まずはご挨拶にと」

そのときだった。男の言葉にかぶせるように、お静の声がした。

「兄は出ております。すぐにはもどりませぬゆえ、日をあらためておいでください」

言葉づかいはていねいだが口調は居丈高《いたけだか》、仁王《におう》立ちになって腕組みをしている姿も尊大きわまりない。たいがいの男なら、逃げ腰になるはずだ。が、男は退散しなかった。かわりに一歩、進み出た。

「ほほう。兄と仰せられると、堀内先生の妹御にござるか。拙者は鏑木萬太郎《かぶらきまんたろう》と申す若輩者にござる。お見知りおきを」

ひるむことなく朗々と応じる。お静のほうがかえって気おされたようだ。

「鏑木……萬太郎どの……」

「今は浪々の身にて。ええと、不躾《ぶしつけ》ながら妹御、御名をお聞かせ願えぬか」

おもいもかけない問いに、お静は困惑した。が、とっさに断る理由が見つからなかったのか、名を教える。すると萬太郎は感嘆したように目をかがやかせた。

「おう。お静さまとはぴったりの御名にござるのう。さすればお静さま、拙者は今宵《こよい》の宿を探して参る。明朝あらためてお訪ねいたすゆえ、なにとぞ、よしなに」

萬太郎は礼儀正しく挨拶をして帰って行った。

「胡散《うさん》くさいやつじゃのう。心にもないおべんちゃらをぺらぺらと」

善右衛門が顔をしかめる。

「心にもないおべんちゃらとはなんですか」

お静は善右衛門をにらみつけた。二人の悪口の応酬は今にはじまったことではない。

「さ、お犬姫さま、参りましょう」

お静にうながされて、知世は道場をあとにした。

二

数日後のことである。

「まこと、鏑木萬太郎さまだったのですか」

知世は弟の善次郎に訊きかえした。

「まちがえっこないよ、髭もじゃのずんぐりだったもの」

「でも、今日だけでなく、昨日も一昨日も見たのでしょう」

「うん。ちょうど帰ってきたとこだったから」

善次郎は金杉水道町の私塾へ通っている。

「よほどお犬がお好きなのね」

「それにしたって、女弁慶と愉《たの》しそうに話してたんだから」

「善次郎ッ、女弁慶なんてッ。お祖父さまの真似をしてはいけません」

知世に叱られて、善次郎は首をすくめた。

萬太郎は諏訪町《すわちょう》に寓居を見つけ、殴り込みがあった翌日から毎日のように稽古に通ってくるようになった。堀内先生は来る者は拒まずの大らかな人だから、あっさり新参者をうけいれたのだが……。

いざ稽古をつけてみると、萬太郎は竹刀の持ち方さえおぼつかないほどの頼りなさだった。見かけが強そうなだけに、へっぴり腰が弟子たちの嘲笑を買っている。それでも本人はけろりとしたものだった。こっぴどく負けようが笑われようが平気の平左《へいざ》。その萬太郎が、毎日のように犬小屋で犬と遊び、お静と談笑しているというのだ。

萬太郎はよほどの犬好きらしい。それはともかくとして、お静が餌をやっているときを見はからって犬小屋を訪れるのは、お静と話をするためではないか。まさかあのお静に恋をするとはおもえないから、なにか魂胆があるのだろうと知世はおもった。

知世はお静にそれとなくたずねてみることにした。他人事に首を突っこむ気はないが、好奇心を抑えられない。

お静は、めずらしく笑顔を見せた。

「郷里でお犬を飼っていらしたそうですよ。愛おしゅうてならぬのだとか」

「あのお方はどんなお話をなさるのですか」

「どんなって……ひとりでしゃべってますね。どうでもいいようなことばかり」

お静のほうはさほど関心がないようだ。

萬太郎は、国元を出奔して江戸へ出てきたといっていた。知り合いがだれもいないので話し相手がほしいのだろう。お静が聞き流してくれるので気が楽なのかもしれない。

それにしても酔狂な男だと、知世は忍び笑いをもらした。常人なら、わざわざお静に話しかけようとはしない。横柄な態度に嫌気がさすか、説教をされて逃げだすか。

「鏑木さまはお静さまがお好きなのですね」

知世はいってみた。

お静は心底、驚いたようだった。

「馬鹿馬鹿しぃッ。生まれつき、おしゃべりなだけですよ」

そういいながらも目が泳いでいる。


翌日、知世は善右衛門がけげんな顔でつぶやくのを耳にした。

「妙なやつだとおもうておったが、なにを企んでおるのか」

「もしや鏑木さまのことで、なにかあったのですか」

善右衛門は道場からもどったばかりだ。

「さっき、おもむろに、訊きたいことがあるといわれた。道場の隅に引っぱって行かれての、そのくせもじもじしておるゆえ、早ういえと急かすとどうじゃ、先生の妹御について教えてくれ、というではないか。びっくりして、とっさには声も出なんだわ」

知世は驚かなかった。

「それで、お祖父さまはお教えしたのですか」

「教えてくれといわれても、なにを教えればよいのかわからぬゆえ……」

すると萬太郎は、しばらくためらっていたものの矢継ぎ早に、夫がいるかいないか、嫁《か》したことがあるかないか、年齢は、人柄は、好きな食べ物は……などと微に入り細をうがって質問をはじめたという。

「鏑木さまはお静さまに一目惚れをなさったのではありませんか」

萬太郎の関心が犬ではなくお静にあるとしたら――。

善右衛門は眉をつりあげた。

「いやッ、それはないッ。断じてない。いかに物好きといえども、あの女弁慶に懸想《けそう》をする者など、おるはずがない」

「いくらなんでも、あんまりなおっしゃりようです。お静さまだって嫁入り前の女性《にょしょう》なのですから……」

「わしはまことのことをいうたまでだ。天地が引っくりかえってもさような馬鹿げた話、ありえぬわッ」

「なにも、お祖父さまがそんなに怒らなくても……」

「怒る？　わしが怒るだと？　ふん、なにをいうかッ。なぜわしが怒るのだ。おまえが突拍子もないことといいだすゆえびっくりしただけだ。よいか。わしはの、あやつがなんぞ悪事を企んでおるのではないかと案じておるのじゃ。そうとしかおもえぬ」

一気にまくしたてるや、善右衛門は足音も荒く出て行ってしまった。

知世はあっけにとられて祖父のうしろ姿を見送る。

井戸端で顔を洗っていると、背後から手が伸びて、井戸の縁石の上にいたカタツムリをつまみ上げた。剣だこが指そのものになってしまったような手は——。

知世は「おはようございます」と挨拶をした。

「朝稽古はもうお終《しま》いですか」

「妹が両親の墓参に行くそうじゃ。菩提寺は駒込の寺町にある。朝のうちに出たいから早う朝餉を食えと急き立てられた」

「墓参に？　彼岸にはまだ早うございます」

「うむ。このところ、どうも妙なあんばいでのう、ぼんやりしていたかとおもえばそわそわと落ちつかぬ。なにをしても心ここにあらず。なんぞ気がかりがあって両親の墓に詣でる気になったのやも知れぬ」

でなければ鬼の霍乱《かくらん》か、とつぶやいて、堀内先生はハハハと笑った。

「まあ、時節もよいことゆえ、たまには田舎道を歩くのもよかろう」

いいながら、かたわらの木立の幹にカタツムリを置いてやる。

「家を背負って歩くのも楽ではないからのう」

知世は、お静と萬太郎が犬小屋の前で談笑している光景をおもい浮かべた。それだけのことで邪推をするのは馬鹿げているけれど、女丈夫で天地の終わりがきても動じることのなさそうなお静が、萬太郎の名を出したとき狼狽《ろうばい》して目を泳がせたのも事実だった。

「先生。鏑木さまは剣術が不得手で、皆さまに笑われておられるそうですね」

「不得手なのか、はたまた、不得手のふりをしておるのか」

「え？」

「いや。熱心に稽古に励んでおるゆえ、そのうち多少はなんとか恰好がつくだろう」

苦笑している先生は、お静と萬太郎のことにはなにも気づいていないようだ。

「鏑木さまはお犬がお好きなようです」

「さようか。なれば心根のやさしい男だ」

「お静さまがお犬に餌をおやりくださっているとき、ようご覧になっておられるそうです。お静さまはなにかいうておられましたか」

「いや。文句をいうわりには、妹もお犬に餌をやるのが楽しいらしい」

「はい。とりわけ茶耳丸が可愛ゆうてならぬようで……」

「わかったぞ。お犬に餌をやらねばならぬゆえ、早う出かけて早う帰ってこようというのか。おっと、わしも油を売ってはおられぬ」

先生は顔を洗って、そそくさと母屋へ帰って行った。

お静が急いで帰ってくるのは、お犬に餌をやるためか。もしや、萬太郎と話をするためではないのか。それより、お静はなぜ突然、両親の墓参をおもいたったのだろう。お静は一度も嫁いだことがないと聞いている。両親や兄の身のまわりの世話をしているうちに嫁《い》き遅れてしまったとか。堀内家を背負いつづけてきたお静はなにをおもい、なにをよろこびとしているのか。

知世の目の先で、カタツムリがのそのそと動いている。

三

堀内家のある竜門寺門前町の南端から神田上水に架かる橋を渡ると諏訪町に出る。諏訪神社を中心とした南北に細長い小さな町だ。

近場なので知世も神社へ詣でたことがある。が、小石川に長く暮らし、代稽古や用心棒の仕事で界隈を歩きまわっている真之介にとって、諏訪町は庭のようなものだろう。

知世は真之介の力を借りることにした。

「たしかに風変わりなやつだが……なにか、気になることでもあるのか」

「どのようなお人か、ご近所の評判を知りたいのです」

「江戸へ出てきたばかりだ。近所の評判を聞いてもさほど役には立たぬぞ」

「他に手だてがないのです。暮らしぶりだけでも……」

「なにゆえ、そこまで、鏑木萬太郎のことを知りたがる?」

訊かれるのはわかっていた。萬太郎はお静に懸想している、お静のほうもまんざらではないらしい……などといっても信じてもらえるとはおもえないし、臆測でそんなことをいって、もしまちがっていたら厄介なことになる。

知世はあらかじめ言い訳を用意していた。

「お祖父さまから頼まれたのです。手伝ってほしいことがあるそうで……となれば、素性を知っておかねばなりません。でもお祖父さまが訊き歩いては妙におもわれるのではないかと」

「そういうことなら探ってみよう」

翌日、二人は諏訪町へやってきた。萬太郎の寓居は惣兵衛店《そうべえだな》とわかっている。

「お犬姫は井戸端の女たちに訊いてくれ。おれは大家《おおや》と話をしてみる」

神社の裏手の惣兵衛店は、ドブや後架《こうか》(便所)の臭いがただよう、うらぶれた棟割長屋だ。幸い萬太郎は出かけていた。もっとも、こんなところに終日こもっていたら、気が滅入ってしまいそうだ。

井戸端で女が三人、洗い物をしていた。

「鏑木さま……ああ、だったらそこ、ほら、ドブ板が割れてるだろ、あの真ん前の家だよ。前橋《まえばし》から越してきたばかりだってサ。むろん、独り者」

「前橋からいらしたのですか」

「ああ、そんなことをいってたっけ。ねえ、おつたさん」

「そうそう。うちの人が井戸端で話したとき、酒井雅楽頭《さかいうたのかみ》さまの話が出たそうだから」

上野国《こうずけのくに》前橋十三万石の当代は、酒井家五代雅楽頭忠挙《ただたか》である。

「酒？　いいや、下戸《げこ》だといってたよ。封書？　酔っぱらって落としたんなら、別人じゃないかえ。痩せて背が高い？　ちがうちがう、こっちはずんぐりだもの」

知世はここでも、あらかじめ「落とし物をとどけにきたものの人違いだった」という筋書きを用意していた。それなら今日のことが萬太郎の耳に入っても怪しまれない。

落胆したふうをよそおって木戸を出た。

帰路、真之介と成果を披瀝《ひれき》し合う。

「大家さんのほうはどうでしたか」

「店賃《たなちん》をまとめて払ったそうで、礼儀は正しいし、家も小ぎれいにしているし、店子《たなこ》が皆、ああだったらよいのだが……と、大家はべた褒めだった」

「ご近所の評判も上々でしたよ。お酒は飲まないし、挨拶もきちんとするし、重い物など気さくに持ってくれるそうで……」

「ご隠居には心配いらぬというてやるがよい」

うなずきながらも、知世はまだけげんな顔をしていた。

「前橋からいらしたそうです。でもなにゆえ郷里を出奔されたのでしょう。酒井雅楽頭さまのご家中なら暮らしむきに困ることもないはず。ご事情があるのではないかと……」

「堀内先生はご存じないのか」

「首をかしげておられました。わざわざ江戸へ出て剣の腕を磨くにはあまりに心得がなさすぎると。それから、まことに下手なら下手な真似はしないものだ、とも」

「下手な真似……」

堀内先生は大勢の弟子を抱えて多忙な日々を送っている。そもそも剣術のことしか頭にない人だから、妹の気持ちをおもんぱかる余裕はないはずだ。ましてや新参弟子の一人にすぎない萬太郎と妹とを結びつけて考えたことなどないにちがいない。

「気になるなら本人に訊いてみることだ。さもなくば放っておくこと。他人事に首を突っこむとはお犬姫らしゅうないぞ」

「さようですね。これ以上の詮索はやめにいたします」

二人は牛坂まで足をのばして、牛石に手を合わせた。

「そういえば、赤穂浅野家の皆さまがどうしておられるか、ご存じですか」

「いや。赤穂城が開城となったときは堀部安兵衛さまたちも駆けつけたそうだが……あのときは先生もわれらも生きた心地がしなかった。籠城、抗戦、城を枕に自害……どんな知らせがとどくかと……」

「ええ。何事もなくて安堵しました」

「まだわからぬぞ。不穏な噂が聞こえておる」

主君と主家を失って、だれもが途方に暮れたはずだ。皆ちりぢりになったと聞くが、全員がこのまま従容《しょうよう》と幕府の沙汰をうけいれ、次なる仕官先を探しているともおもえない。先生は愛弟子《まなでし》たちの行く末に胸を痛め、ひそかに様子を探らせているらしい。

「今日はありがとうございました」

堀内家の裏木戸で知世は辞儀をした。

「お犬姫の役に立てたのなら本望……さてと、帰る前にお犬の顔を見てゆくかな。お犬を嫌うておるとおもわれないように」

「嫌いなお人にお犬はなつきませんよ。白耀丸は河合さまが大好きですもの」

「あの犬は人の心がわかるような気がする」

「わたくしもそうおもいます。なにかあっても、白耀丸だけは手放しとうありません」

二人は木戸をくぐって、犬小屋へむかう。

人の口に戸は立てられない。

萬太郎がお静にぞっこんだという噂は、ひと月もしないうちに、面白おかしい尾ひれと共に堀内先生の弟子たち全員の知るところとなった。

もっとも、当のお静はいつもと変わらない。よけいなことをたずねようものならにらまれるだけなので、真相を問いただす勇気のある者はいない。

「だれもがあきれかえっておるわ。よほどの物好きか、タガが外れておるのか」

善右衛門は萬太郎を悪《あ》しざまにけなした。

「ひどいおっしゃりようですね。なにもお祖父さまがカッカすることはないでしょう。やきもちをやいているようにおもわれますよ」

「めっそうもないわッ。だれが女弁慶になんぞ……」

いいかえしながらも、放ってはおけないようだ。

「鏑木萬太郎は胡乱《うろん》なやつじゃ。先生の妹さまが不逞《ふてい》の輩に騙されて泣くような目にあってみよ、弟子の端くれとしては申し訳が立たぬ」

「あのお静さまですよ、なにがあろうと泣いたりなんかなさるものですか」

「ま、泣きはせんだろうが……ああいう堅物は存外もろい。しかものめりこみやすい」

それはお祖父さまでしょうと知世もいいかえしたかったが、火に油をそそぐのは剣呑《けんのん》。それにしても……と知世は笑いをこらえた。悪口三昧、顔を合わせれば喧嘩をするくせに、崇拝者があらわれたとたん、祖父はお静が気になりはじめたようだ。

女らしさとはほど遠く、年齢からも風貌からも恋の対象にはなりそうにないお静に、もし萬太郎が惚れたというなら、それは、近ごろとみに名をあげている堀内先生の身内になるための方便、でなければ堀内家を内部からゆさぶるための悪だくみ――口にはしなくても、だれもがそうおもっているのは明らかだった。

翌朝、知世が犬小屋へ餌をやりに行くと、見慣れた人影があった。

萬太郎は、小屋の中で、犬たちと遊んでいた。膝元に長々と寝そべって、白耀丸は腹をなでてもらっている。安心しきっているのは、ゆったりと尻尾をふっていることでもわかる。一方の茶耳丸は萬太郎の手にじゃれついていた。甘咬《あまが》みをしてはうしろへぴょんと跳びはね、キャンキャン吠えながらまた駆けてきては手のひらを舐める。

知世はしばらく、黙って微笑ましい光景を見守った。最初に気づいたのは白耀丸で、おもむろに身を起こして勢いよく尻尾をふる。

「おう。お犬姫さまか」

萬太郎は無邪気な笑顔を見せた。

「いつも遊んでくださって、ありがとうございます」

知世も小屋へ入って、跳びついてきた茶耳丸を抱き上げる。

「実は、お犬姫さまを待っておったのだ。折り入って、聞いてもらいたきことがある」

萬太郎はおもいつめたまなざしをむけてきた。つづいて口にした言葉に、知世は腰をぬかさんばかりに驚いた。

「まことに、まことに、本気なのですか」

茶耳丸が手のひらを舐めている。

白耀丸も尻尾をふって見上げている。

「本気も本気、天地神明に誓って、お静さまをわが妻にお迎えしたい」

萬太郎はためらうことなく反復した。

「なれど鏑木さま、お静さまはたぶん、鏑木さまより五つも十もお歳上……」

「さようなことはどうでもよい。ひと目見たときから、お静さまを妻にすると決めたのだ」

はぁ……と、知世は間《ま》のぬけた声をもらした。とっさには言葉が出てこない。そういうこともあろうかとまったくおもわないわけではなかったが、それにしても……。だれがだれに惚れようと他人がとやこういえることではなかったが――。

「お静さまにはお話しされたのですか」

「いや、何度も切りだそうとしたのだが、いざとなるとどうも……」

無理もなかった。萬太郎は国元の前橋を出奔して江戸へ出てきたばかりだ。諏訪町の寓居は粗末な棟割長屋だし、今は稼ぎもないらしい。これではお静でなくとも、妻を迎えられるとはおもえない。

知世は深呼吸をして心を鎮めた。

「いずれにしても、まずは仕官先を見つけなければ。ご妻女をおもらいになるのでしたら、それなりの仕度が必要です」

「そのことなれば心配無用」

萬太郎は拳で胸を叩いた。

「当てはある。なに、拙者が心を決めさえすればよいのだ。いろいろと迷うておったが、お静さまと夫婦になるためなれば四《し》の五《ご》のいってはおられぬ。だがその前に、お静さまのお気持ちをたしかめておきとうての」

「帰参なさるおつもりですか」

前橋の酒井家に……といいそうになって知世は口をつぐむ。

「ま、そういうことになる。といっても、その前に少々ややっこしい問題があるのだ。それさえ片付けば晴れて帰参できる。そのためには心を鬼にして……ま、そういう宿命《さだめ》だったとおもえばよいだけのこと……」

わかったような、わからぬような、話である。とはいえ、萬太郎がお静を生涯の伴侶に迎えたがっていることだけは信じてもよさそうだった。だからこそ知世に胸の内を打ち明けたのだ。

「お静さまのお気持ちをたしかめてはもらえぬか。このとおり」

手を合わせられれば否とはいえない。

「わかりました。それとなくうかごうてみます」

「ありがたや。されば、くれぐれも伝えていただきたい。今はかような体《てい》たらくにござるが、お静さまがご承知くださった暁には、きっと、それなりのかたちをととのえてお迎えいたす所存。さすれば先生も必ずやご快諾くださるはずだ、と」

「どういうことか、わたくしにはようわかりかねますが……まことに、さよう申し上げてよろしいのですね」

「よいとも。武士に二言はない」

萬太郎は満面に笑みを浮かべた。知世の腕から茶耳丸を抱き取る。

「おう、ようよし。茶耳丸。愛らしいのう。おまえが愛おしゅうてならぬわ」

頬ずりする姿は、まさにお犬侍。

一抹の不安を感じながらも、知世はひと肌脱ぐ覚悟を決めた。


お静のほうは、萬太郎をどうおもっているのか。

ずんぐりして風采が上がらない。年下の上に目下浪人中。剣術指南を兄に持つお静からすれば剣術が不得手な男など論外かもしれない。畳に塵ひとつ落ちていても騒ぎ立てるほどきれい好きなお静の目には、髭面で総髪の男などむさくるしさの極みではないか。

そうはいっても犬小屋の前でたびたび話をしているところをみると、嫌っているともおもえなかった。まったく脈がないとはいいきれない。

知世は一度ならず訊いてみようとした。が、そのたびにお静は「忙しいからあとあと」などと逃げてしまう。もちろん噂はお静の耳にもとどいているはずで、自分と萬太郎が恋仲のようにいわれるのが不愉快なのかもしれない。

そうこうしているうちに季節はうつろってゆく。いまだにお静の気持ちをたしかめられずにあせっていたとき、真之介に呼びだされた。

二人はいつものように、並んで牛石に詣でる。

「鏑木さまのことですね。なにかわかったのですか」

「酒井家の家臣と知り合いになって、鏑木萬太郎について調べてもらった」

萬太郎はたしかに酒井家の家臣で、前橋城にて作事方《さくじかた》をつとめていた。作事方とは城の造営や修繕を担う役だ。身元がはっきりしたというのに、真之介は眉をひそめている。

「国元を出奔して江戸へ出てきたわけがわかったのですね」

「ああ。鏑木どのは、仇持《かたきも》ちだそうな」

えッと知世は目をみはった。真之介は苦笑する。

「皮肉な話だ。おれと反対に……」

「河合さま……」

「いや。おれのことはよい。鏑木どのは父の仇を討とうとする息子から御前試合を挑まれた。しばしの猶予がほしいと断って、鏑木どのは出奔、江戸へやってきた」

「鏑木さまは、酒井家のご家臣を殺《あや》めた、ということですか」

「殺めようとしたのではない。喧嘩騒ぎがあり、止めに入った。片一方は剣の腕に自信のある重臣、もう一方は鏑木どののご同輩……」

萬太郎は同輩に跳びかかり、「よせッ、やめよッ」と叫びながら引き離そうとした。そのときだ、重臣が突然、矛先を変えた。萬太郎の脳天めがけて刀をふりおろした。だれもが萬太郎の死を確信した。ところが、斃《たお》れていたのは重臣のほうだった。

「鏑木どのは、なにが起こったかわからなんだのか、茫然と突っ立っていたそうだ」

「あの鏑木さまが、腕自慢のご重臣を一撃で斃すなんて信じられません」

「さよう。奇跡が起こったと皆が驚いた。もっとも、重臣は気を失ったが死んだわけではない。ところが即刻、屋敷へ運び去られ、その後、死去したと知らされた。詳しいことはわからずじまいだったとか」

それなら萬太郎が下手人とはかぎらない。しかも止めに入っただけだから、落ち度とはいえないはずだ。知世がそういうと、真之介もうなずいた。

「むろん責められるべきは重臣だ。ゆえに重臣の息子は、果たし合いではなく御前試合を願い出た。このままでは父の名に瑕《きず》がつく、尋常に試合をしたい、と」

「逆恨みではありませんか」

「親戚連中からやいやいせっつかれたのだろう。家督も定まっておらぬそうゆえ」

家名の回復を成した上で家督を継げといわれたか。

「では、仲裁に入ったばかりに、鏑木さまは災難にみまわれたのですね」

堀内家の道場へはじめてやってきたとき、喧嘩騒ぎの最中だった。あのとき萬太郎が指一本動かさず茫然と立っていたのは、苦々しい記憶がよみがえったからかもしれない。

「わかりました。鏑木さまが御前試合をしないで江戸へ出奔されたわけが。やられるとわかっているので逃げだしたのですね。奇跡が二度起こるとはおもえませんもの」

剣術が不得手で、稽古場でも嘲笑を買っている萬太郎ならさもありなん。

「それなのに、帰参なさるおつもりのようです」

そんなことができるのか。真之介はできるという。

「事情が事情ゆえに、酒井家にしても鏑木どのを悪者にするわけにはゆかぬ。それゆえ出奔を許した。江戸で剣術修業をしてはどうか、などと笑う者もいたそうだ。試合に応じる気になり、重臣の息子を打ち負かせば希《のぞ》みを叶え出仕も許す、とのお墨付きまでもろうておるらしい」

「でもそれには、御前試合に勝たなければなりません」

自信があるといっていたが、実際はびくついているはずだ。だからこそ、闘志をかき集め、気力を奮い立たせるためにお静の気持ちを知っておきたいのではないか。

知世は真之介に、萬太郎とお静の話を打ち明けた。すでに噂になっているので、真之介も驚かなかった。

「酒井雅楽頭さまは武芸を奨励しておられるそうな。ご嫡子も東軍流《とうぐんりゅう》を学ばれ、ご家中にひろめておられるとやら。逝去された重臣も高弟の一人だったらしい。となると、その息子も相当な使い手とみたほうがよいの」

「それに比べて鏑木さまは……大丈夫でしょうか」

「もう一度、奇跡が起こるのを祈るしかないの」

いずれにしても、お静の後押しは欠かせない。

「お静さまにお話しして、鏑木さまを激励していただきます」

「うむ。窮鼠《きゅうそ》、猫を咬む、ともいうし……必死のおもいは天に通じる。おれたちもできるかぎりの手助けをしよう。付け焼き刃の稽古でも少しは役に立つはずだ」

「さようですね。先生のお弟子さまがたもついているのです。それに百人力のお静さまも。まだあきらめることはありません」

なんとしても萬太郎を勝たせようと、知世も真之介も勇み立っている。

「ふん。あっという間に腕の一本二本、すっとばされて終《しま》いじゃ」

善右衛門がずけずけといった言葉は、大半の者たちの正直な気持ちを代弁していた。それでも皆、萬太郎の剣の腕を上達させるため、助力を惜しまなかった。もちろんそれが先生の妹のためにもなるとわかっていたからだ。お静に惚れていると公言したことで、当節ではめずらしく純朴な男だと萬太郎を見なおしたのだろう。

「先生はどうしておられますか」

知世は真之介にたずねた。

「いつもどおりだ。肩入れするわけでもなく、疎《うと》んじるわけでもなく」

先生から直々《じきじき》に指南をしてもらったところで、腕が上がるともおもえない。弟子たちの努力にもかかわらず、萬太郎は相変わらずへっぴり腰のままである。

「お静さま。今日という今日は、話を聞いていただかなければなりません」

知世は母屋へ上がりこんで、お静に萬太郎の気持ちを伝えた。

「とうに気づいていらしたのではありませんか」

「むろん、あれでは、気づかぬほうが馬鹿ですよ」

「では、お静さまは……」

「あきれるにもほどがあります。夫婦など……冗談もたいがいに、と伝えてください。いったい、わたくしをいくつとおもうておられるのか」

萬太郎は年齢など気にしていない。そういってもお静は相手にしない。

「笑い者になるのはごめんです。この歳になって、みっともないったら」

「でもお静さま、鏑木さまはお静さまのために御前試合をなさるそうですよ」

「わたくしのために？　まあ、あきれた。あのお人は、わるい人ではありませんが、軽々しいところがおありです。男子《おのこ》が女子のために御前試合など……」

「それではお静さまは、鏑木さまが御前試合で負けてもよいのですね」

お静は困惑したように目を泳がせている。

「試合をしなければ帰参は叶いません。浪人のままでいることになります。お静さま。せっかく試合をなさると決めたのですから、夫婦になるならぬはともかく、鏑木さまのお気持ちを汲んで、少しでも力づけてさしあげてはいただけませんか」

「お犬姫さまときたら……ほんにまあ、他人のことなど放っておけばよいのに」

「すみません。そういう性分なのです」

それでも知世の熱のこもった訴えは、お静の頑なな心をやわらげたようだ。

「負けましたよ」と、お静は苦笑した。「なれば、こうしましょう」

両親の墓前で、萬太郎自身の口からきちんと話してほしいとお静はいった。

「わたくしは、そういう性分なのです。これまでそうやって生きてきました。これからも、そうやって生きていきます」

「承知しました。駒込のお寺の亡きご両親の墓前で鏑木さまご本人の口からお覚悟を聞きたい……そういうことですね」

「たとえ墓参でも、夫婦でもない男といっしょするわけには参りません。あちらでお会いすることにいたします。お犬姫さま、立ち会うてください」

ここまできて投げだすわけにはいかない。お静と萬太郎——およそ不釣り合いで風変わりな二人の求婚のひと幕を、なりゆき上、知世は見とどけることになった。

四

木々の葉がちらほらと色づきはじめている。野菊の淡い黄や薄紅色、萩《はぎ》の花穂の紅紫、吾亦紅《われもこう》の紅……冬へむかおうというこの季節は、おもいのほか多彩な色が散見される。駒込の寺町界隈は、ひなびた中にもひそやかな華やぎが感じられた。

合わせていた手を先に開いて、知世は、両親の墓石と無言の対話をしているお静の横顔をじっと見つめる。

「苔むしたお墓かとおもうていました。新しい墓石ですね」

「何度も火事にあいましたから。そのたびに移しかえて……お寺も焼けてしもうたゆえ、こちらに建立したのです。田舎の寺のほうが広々としていますし、火事になっても焼けずにすむかと……」

埋葬されているのは遺品だという。火事と縁が切れない江戸ではよくあることだ。

「お静さまはずっとご両親のお世話をしていらしたのですか」

「ええ。兄は剣の道に進み、父も母もそれは期待をかけておりました。なれど当時はまだ今のようなわけには参りません。兄も苦労つづきで……」

父が病に倒れ、看取《みと》ったとおもったら母が病みついてしまった。両親を見送ったのちに兄嫁も亡くなり、兄が小石川に稽古場を開いたときは、お静が兄の世話に専念することになった。

「これでも若いころは縁談があったのですよ、このわたくしにも」

お静はホホホと笑った。持参金もろくにないような家にくる縁談など高が知れている。両親が次々に病に罹《かか》ったため看病に追われ、とうとう嫁《い》き遅れてしまった。

「それにしても今ごろになって……とんだ物好きがいたものだ」

「お静さま……」

「安心なさい。鏑木さまのご事情はようわかりました。落ち度もないのに災難にみまわれて、ほんにお気の毒です。わたくしにできることなら……と、いうてもねえ、勝算があるとはとてもおもえませんが……」

早く着いたので、鏑木萬太郎はまだ来ていない。二人は目の先にある絵馬堂の庇《ひさし》の下で待つことにした。

「兄は先日、堀部のご隠居さまをお訪ねしたそうですよ」

「赤穂浅野家の……まあ、いずこにおられるのですか」

「当初は奥さまの兄上の縁者のもとへ身を寄せておられたそうですが、今は両国の米沢《よねざわ》町《ちょう》の借家にご家族で住んでおられるそうです」

「お元気でようございました。祖父もよろこびましょう」

「ええ。でもねえ、御名を変えておられたそうで……」

なにゆえに……といいかけて、知世はあっと声をもらした。

「わたくしも、それを案じているのです。ご隠居さまの話では、ご家老だった大石内蔵助《おおいしくらのすけ》さまが江戸へ下られるのを待っておられるとか」

二人はざわついた胸を鎮めるようにうなずき合う。

「おもえば鏑木さまも赤穂浅野家の皆さまと同じですね。ご自分が喧嘩をなさったわけでもないのに、ある日突然、すべてが変わってしまったのですもの」

知世がいったときだった。ザクザクと砂を踏む音がした。墓所をまわりこむように、五、六人の男たちがこちらへ歩いてくる。

「見たことがあります。いつぞや稽古場へ殴りこんできた白山一派の者たちです」

「話の通じる相手ではなさそうですね。お犬姫さま、知らん顔をしていましょう」

逃げる間はなかった。お静と知世が立ち上がったときには、五人の男が目の前に迫っていた。月代を剃っている者もいれば総髪もいる。全員に共通しているのは竹刀を手にしていることだ。真ん中の男が目で合図をすると、四人が横へひろがって、お静と知世をかこむように半円をつくった。

「これは堀内先生のお妹さま、かようなところでお目にかかれるとは運がよい」

「わたくしどもは帰るところです。それでは失礼」

知世をうながして、お静は歩きだそうとする。男たちは体をずらして、そうさせまいと行く手をふさいだ。

「おまえさまたちに用はありませぬ。そこをおどきなされ」

「そっちになくてもこっちにあるんだ」

「おうよ。堀内先生には日ごろから世話になってるからな。礼をしねえと」

「礼などけっこう。へっぴりぞろいでつまみだされたからといって、女相手に喧嘩をふっかけようとは……見上げた根性ですよ」

「なんだとぉ、馬鹿にしやがって」

「へっぴりだからへっぴりといったんです」

お静は動じなかった。が、男たちをにらみつけながらも、知世をかばってうしろにまわした手はふるえていた。こちらは素手《すで》の女が二人、敵は竹刀を手にした猛者《もさ》が五人、しかも腰には大小も落としこんでいる。

「さすが、名にしおう剣客の妹だけあって威勢がいいや。だったらこいつを貸してやる。自分で切りぬけて帰るんだな」

一人が竹刀をお静の足元に放った。

「お静さま、わたくしが……」

「お待ちなさいッ」お静は拾い上げようとした知世を制して男たちをねめつけた。「お相手しましょう。ただし、この娘はかかわりがないゆえ帰してもらいます」

「いや、そいつはならぬ。おれたちはお犬姫さまにも用があるんだ」

「おう、犬っころのせいで、どれほど辛酸を嘗めさせられたか。かわりに礼をしてくれと、ある人から頼まれてる」

「ある人とはだれですか」

知世は気丈に訊きかえした。

「へ、胸に手を当てて考えてみるんだな。あんたらに稼ぎのじゃまをされた女だ」

「そうよ。てめえは犬の身代わりだ。生きのびたきゃ、お犬さまに助けてもらえ」

男たちは口々に吠えたてた。「やっちまえッ」と号令がかかる前に、知世はお静を力ずくでうしろへ押しのけ、竹刀を拾い上げている。

勝算は一分もなさそうだった。が、時間稼ぎをしているうちに萬太郎があらわれるはずだ。もっともあの萬太郎が、この光景を見てどういう行動をとるかは予測がつかない。

喧嘩の仲裁をしようとしたために、萬太郎は不運にみまわれた。今また同じ危険を冒すとはおもえない。いや、お静がいる。お静へのおもいが真実なら、是が非でも助けようとするにちがいない。けれど相手は五人。そうそう奇跡が起こるはずもなし。萬太郎は打ちのめされる。息の根を止められるかもしれない。

男たちは間合いをせばめた。猫が鼠をいたぶるように──一度に殺してしまってはお楽しみが半減するとでもいうように──動作は緩慢で余裕たっぷりだ。右から、次は左から打ちかかり、知世はそのたびに避けたり避けそこねたりして早くも汗だく、どことも知れぬ痛みに考える力さえ奪われてゆく。そのせいか、見慣れた顔が──閻魔大王のように激怒した顔が──猛然と駆けてきたときも、すぐには敵か味方かさえわからなかった。はっと気づき、大声で名を呼んだとたんに意識が遠のいている。

「大事はないかッ」

耳元で声がした。まぶたを持ち上げると萬太郎の顔があった。ぼんやりあたりを見まわすと、そこにいたはずの男たちの姿はなく、遠ざかってゆく足音だけが聞こえた。

知世が無事だとわかるや、萬太郎は安堵の息をついた。今度はお静に駆けよる。知世の加勢をするつもりだったのか、お静は裸足になって下駄の片方を引っつかんでいた。その下駄ごと、萬太郎は渾身《こんしん》の力で抱きしめる。

「イ、イタタタ、おやめなされ。な、なにをなさるのですッ」

「おお、お静さま。生きた心地もせなんだわッ」

感極まっている萬太郎とは対照的に、お静は身を硬くしていた。幽霊を見るような目で萬太郎の顔を眺め、その腕から逃れようとする。

「わたくしは、見ましたよ、この目で、なにもかも」

お静は萬太郎の腕をもぎはなして跳びのいた。

「お一人で五人……しかも、目にも留まらぬ速さで……そなたは、何者なのですか」

「何者というほどでは……。先生のご指南の賜物にござるよ。あ、いや、なんというか、まぐれまぐれ。拙者はまっこと運の良い男にて……」

萬太郎はハハハと笑った。笑えばごまかせるとでもおもったか。そうはいかない。

「まぐれですと？　とんでもない。常人ではあれほどの剣は使えません」

「昔、居合《いあい》を少々かじったのだ。今や刀も錆《さ》びついてしまい……しかし体のどこかに残っておったのだろう、お静さまが殺《や》られる、とおもうた瞬間、体が勝手に動いた」

　お静はまだ半信半疑といった顔。

「いいえ。わたくしたちを騙していたのです。理由はわかりませんが、剣が不得手だとおもわせるために。嘘は、もっとも、恥ずべきことですよ」

「それはちがう。騙したわけではない。事情があったのだ」

　これではいつまでたっても終わりそうにない。知世は二人のあいだに割って入った。

「お二人とも、おやめください。お静さま。鏑木さまはわたくしたちの命を救うてくださったのですよ。なにも、かようなところでガミガミいわなくても……」

　動いた拍子に左腕と背中に激痛が走る。うずくまって呻く知世を見て、お静と萬太郎はいい争うのをやめた。

「痛むのですか。どうしましょう。わたくしが供を頼んだばかりに……」

「拙者が庫裏《くり》までおぶってゆく。冷たい水で冷やしてみよう」

「わたくしなら大丈夫、庫裏で少し休ませていただきます。それよりはるばる参ったのです。わたくしが休んでいるあいだに、お二人はお静さまのご両親のお墓に詣でてください。鏑木さまはお静さまにお話がおありなのではありませんか」

　世話のやける二人である。知世は萬太郎の背におぶわれて庫裏へ行き、住職に事情を話してしばらく休ませてもらうことにした。井戸水でしぼった布を左腕と背中に当てて横になる。

お静と萬太郎は、ぎこちなくはあるものの、知世に追い立てられて墓参に出かけていった。もどってきたときは一変、嘘のように和気あいあいとしている。

「鏑木さまに助けていただいたことは、皆には伏せておくことにしました。お犬姫さまも、なにとぞよろしゅう」

白山一派の男たちに襲われたことは隠しとおせない。萬太郎が二人を救いだしたこともいずれはわかってしまうだろうが、御前試合を終えるまでは内緒にしてほしいと、二人は知世に頼んだ。

「噂がひろまって相手方が恐れをなし、御前試合はやめる、といいだすやもしれません。そうなれば鏑木さまは帰参のきっかけを失ってしまいます」

それはわかる。だからといって――。

「そもそも、なにゆえ弱いふりをしておられたのですか」

「昔、剣の道に進みたいとおもうたことがあったのだ。だが長い歳月、刀を使ったことはなかった。使わぬ、と誓っていた。それでも江戸へ出たら堀内先生の稽古場へ足がむいていた。自分がどうすべきかもわからず、もたもたしているときに打ち負かされ、醜態を笑われておもいついた。心が決まるまでは、目立たぬようにしていようと……」

お静に惚れ、御前試合をうけて立つと決めてからは、あえて弱さを喧伝した。堀内先生は酒井家の江戸屋敷にも指南に赴くことがあるという。どこからどう話が伝わるか、相手方には弱いとおもわせておくほうが都合がよい。

「されば早速、江戸屋敷へ参上して御前試合を申し出て参る」

「それでこそ男子《おのこ》です。ご家中の皆さまを仰天させておやりなさい」

お静は早くも萬太郎を叱咤《しった》激励している。

三人は小石川へ帰った。白山権現の門前町をとおるときは白山一派の報復を案じたものの、何事もなく、無事に家へ帰りついた。裏木戸で鏑木と別れる。

「大変な一日でしたね。恐ろしい事もありましたが、めでたき事も……」

木戸を入ったところでお静とも別れて、知世は離れへ帰った。母や弟、祖父に、虚実をとりまぜ、白山一派に襲われた話をする。

「よう逃げられたものだのう」

「お静さまのおかげです。お静さまにお怪我をさせては先生に仕返しをされる、そうおもって狼藉者たちは途中で手を引いたのでしょう」

「なるほど。鬼の顔を見て逃げだしたか。ハハハハ……」

その場にお静がいたら、善右衛門は下駄を投げつけられていたにちがいない。

知世は弟に真之介を呼んできてもらった。二人きりになるや、

「大事がのうてよかった。今度という今度は許さぬ、ケダモノどもめッ」

真之介はすぐにも白山一派へ仕返しにとんで行きそうな顔をした。

「あの者たちはたしかに白山一派でしたが、妙なことをいっていました」

お犬姫に怨みを抱く女がけしかけたと教えると、真之介は目をみはった。

「もしや、盗賊お犬党の……」

「わたくしも、あの香苗という女人ではないかとおもいます」

血も涙もない女盗賊がどこからか知世たちの様子をうかがっているとしたら――。背すじが寒くなる。

「お静さまといっしょでよかった」

「皆にはお静さまの武勇伝を話しましたが、実は、助けてくださったのは鏑木さまなのです」

鏑木は手練《てだ》れだと知世は打ち明けた。

「われらは皆、あざむかれておったのか」

「はい。そのことで、もうひとつ、お願いをしてもよいでしょうか」

知世の頼みに、真之介はふたつ返事でうなずいた。

五

手あぶりのほしい季節である。十能《じゅうのう》に入れて炭火を運んできた知世は、文机で書き物をしている母の手元を覗きこんだ。半紙に流れるような墨文字が記されている。

「かつ散りて　御簾《みす》に掃《は》かるる　もみぢかな……まぁ、母上が詠まれたのですか」

「まさか。お師匠さまの俳諧を写しているのです」

「其角《きかく》先生ですね。こちらは……」

「これは宗匠さま、芭蕉先生の御作です」

「色付くや　豆腐に落ちて　薄紅葉……あら、おもしろい」

母はこのところ容態が安定してきたこともあって、退屈しのぎに俳諧をはじめた。猫も杓子《しゃくし》も――というのはいいすぎにしても、俳諧は身分の高低にかかわらず大人気だ。俳聖と称された芭蕉は七年前に死去して、今は其角が江戸俳壇の中心を担っている。

もちろん初心者の母が、其角に直接、教えを乞うているわけではない。其角の弟子で、お静の昔からのなじみだというけんどん（蕎麦）屋の女房――俳号は秋色女《しゅうしきじょ》――が、ときおり仲間を伴ってやってきては手ほどきをしてくれる。

「お静さまもごいっしょになされればいいのにね」

「秋色女どのの話では、ご両親と暮らしていたころに家がご近所だったとか。お誘いしても家のことで忙しいからと断っていらしたそうですよ」

たしかにお静が俳諧を詠んでいる姿は想像できない。

「鏑木さまとのことはお教えしたのですか」

「詳しいことはなにも。ただ、縁談がある、とだけ。すると秋色女どのはね、大笑いして何度も首を横にふるのです。そんなことは絶対にあり得ない、と」

「なぜさようなことをおっしゃるのでしょう」

「昔、お心に秘めたお人がいらしたそうです。そのお人はお静さまのおもいには気づかぬまま亡《の》うなられたそうですが、お静さまは生涯、嫁がぬと神仏に誓ったそうで……」

秋色女は十近く年下で当時は童女だったから、お静も安心してなんでも打ち明けたのだろう。その後も誓いを守りつづけていたそうで、もういいでしょう、お忘れなさいというたびに、わたくしはいいかげんなことはいたしませんと強い口調でいいかえされたとか。

「そんな女性《にょしょう》に宗旨《しゅうし》替えをさせたのですから、鏑木さまはたいしたお人です」

母は笑みを浮かべている。知世は笑えなかった。お静が萬太郎の妻になるには、萬太郎が御前試合に勝たなければならない。手練れだとわかった今のほうが知らなかったころより不安を感じるのはなぜだろう。

「ほら、できました」

母がうれしそうに声をあげた。筆に墨をふくませて、余白へさらさらと書きこむ。

「静、けさや　岩に枯れゆく　苔紅葉」


萬太郎は、酒井家の江戸屋敷へ出かけ、御前試合を申し出た。

雅楽頭は諸事多忙、亡き重臣の息子も国元にいるため、ただちに決行とはならなかったが、賽《さい》は投げられた。あとは呼び出しを待つばかりだ。

萬太郎は黙々と稽古に励んでいた。その合間には裏庭の犬小屋へやってきて、白耀丸や茶耳丸と遊んでいる。もちろんお静が餌をやりにくる時刻には可能なかぎりそばにいて、それが唯一、親交を温める場にもなっているようだ。

真之介が久々に知世を誘いだしたのは、紅葉が散りはじめる季節だった。厄介な頼み事をしてしまったので、試合までに間に合わなかったらどうしようかとやきもきしていた矢先である。知世は待ちかねたようにたずねた。

「前橋はどうでしたか。なにかわかりましたか」

「重臣が死去した一件は、それほど単純な話ではないようだ」

「というと……」

「お家騒動がかかわっているらしい」

重臣は小宮山三太夫《こみやまさんだゆう》という名で、豪胆で腕が立つ反面、苛烈で短気な気性ゆえに家臣郎党の怨みを買うこともしばしばだったという。近年は目に余ることが多々あり、家中では腹違いの弟に当主の座を……という動きまで出はじめていたとやら。

そんな状況には本人も気づいていたようで、命を狙われていると公言して用心を怠らなかった。喧嘩騒ぎで仲裁に入った萬太郎を、どう見まちがえたか、逆上のあまり敵とみなして攻撃したのも、おもえば大いにありえることだった。

「しかし鏑木どのは新田宮流《しんたみやりゅう》居合の使い手だ。白山一派の五人を易々《やすやす》と追い払った際も、一人として命を奪ってはおらぬ。三太夫は気絶しただけで、運びだした者たちはすぐに意識がもどるとおもっていたという。死去したと聞き、皆、耳を疑ったそうな」

「ではやはり、運びだしたあとにだれかが……」

「うむ。毒でも盛ったのやもしれぬ」

もしそうなら驚くべき話だ。

「小宮山家の家督は、三太夫さまのご子息が継ぐのですね」

「そのはずだが、ご当主急死のためか、いまだ正式な沙汰がないそうな。というより、三太夫の弟に同心する家臣たちにせっつかれて、息子が御前試合を願い出たゆえ、とどこおっているのやもしれぬ。御前試合にしたところで、父親の名誉を挽回するのが先決……とでもいいふくめられ、強引に勧められたにちがいない」

「もし、負けたら……」

「廃嫡に追いこむ口実になる。勝ったところで手傷でも負えば好都合、打ちどころがわるければ万々歳、どうせそんなところだろう」

「まあ、ひどい」

真之介は三太夫の息子の勇兵太《ゆうへいた》を遠目で見て驚いたという。父親がつけた勇ましい名とは裏腹に、まだ十代後半の、見るからにひ弱な男子だった。真之介が聞き歩いたところでは武より文、歌を詠み書物に埋もれているような若者らしい。真之介は勇兵太の生母である侍女からも話を聞いた。生母は三太夫のような悲劇がふたたび起こるのではないかと怯え、わが子の身を案じているという。

「短いあいだに、よくそこまで調べがつきましたね」

知世はあらためて真之介に感嘆のまなざしをむけた。

真之介は照れくさそうに首を横にふる。

「むろん、鏑木どののことは真っ先に調べた。妻子はずっと以前に流行病《はやりやまい》で亡《の》うなったそうで、ご城下に遠縁の者がわずかにいるだけだった。自身は小者と二人、城の長屋で暮らしていたそうで、この小者も出奔するとき暇《いとま》を出している。若いころの一時期、水戸へ行って新田宮流居合を学び、剣術の道を究める夢を抱いていたそうだが、今ではそれを知る者もほとんどなく、皆は好人物だが腕は立たぬとおもっているようだった」

萬太郎について調べるのは手間をとらなかったので、真之介は、萬太郎出奔のいきさつを探り、御前試合の相手をその目でたしかめておくことにした。

「小宮山家のお家騒動のこと、鏑木さまはどこまで知っておられるのでしょう」

勇兵太が剣が不得手だということは知っていたはずだ。それならなぜ、御前試合をしなかったのか。勝てるとわかっていたのに出奔してしまったのは――。

「小宮山家の内紛に巻きこまれたくなかったからではないか」

「それに、自分より弱い者と戦うのがおいやだったのかもしれません」

知世は、茶耳丸をことのほか愛おしむ萬太郎の姿をおもいだしていた。茶耳丸はよく吠えるくせに臆病だ。白耀丸の子なのに体が小さい。

「ともあれ、ここまできたらなりゆきを見守るしかなさそうだ」

「お家騒動の話はお静さまには内緒にしておきます。腰が退《ひ》けてしまうやもしれません」

「堀内先生は酒井家にも稽古に行かれることがある。御前試合には先生にも同席していただこうではないか」

「ええ。わたくしたちも見物できるよう、頼んでくださいね」

女でももぐりこむ方法がないものか、二人は算段をめぐらせる。


道場を覗くと、萬太郎が竹刀を手に素振りをしていた。弟子のだれかがその姿を見たら、短期間でのめざましい上達に目をみはったにちがいない。萬太郎は寂寞《せきばく》とした大気を縦横に斬り裂くことで、邪念を必死でふりはらおうとしているようだった。

その気迫に圧倒されて知世が金縛《かなしば》りにあったように立ち尽くしていると、萬太郎は体のむきを変えながら気合と共に竹刀をふりおろし、おッと動きを止めた。

「だれかとおもえば、お犬姫さまか」

「準備万端ですね。もっとも鏑木さまなら、はじめから怖いものなしでしょう」

「さようなことはない。なめてかかればやられる。こたびは負けられぬゆえ」

じゃまをするわけにはいかない。きびすをかえそうとすると呼び止められた。

「なんぞ、用事があったのではないか」

「祖父を捜していたのです。でも急ぎではないので」

「ご隠居なら先生と出かけたぞ」

「先生と……」

「米沢町がどうのといっておられた」

知世はそれだけで行先がわかった。堀内先生と善右衛門は赤穂浅野家の旧臣、堀部弥兵衛・安兵衛父子の住まいへ出かけたのだ。どんな暮らしをしているのか、これからどうするつもりか、じっくり膝を突き合わせて話を聞こうというのだろう。

「でしたら昔のお仲間のところです。お教えくださってありがとうございます」

「まあ、さようにあわてることはない。拙者も茶耳丸に会いに参るゆえ……」

萬太郎は手早く竹刀を片づけて、知世といっしょに道場を出た。といっても裏庭へ行くだけだ。今少し話をしたくなって、知世も犬小屋までついてゆくことにした。

「お犬を飼っていらしたのですか」

「大昔の話だ。死んだ息子が可愛がっておっての……茶耳丸とよう似ておった。当時、拙者は居合にとりつかれて、水戸へ修業に行ったまま、妻子を放っていた。流行病で死んだのもしばらくは知らず……困窮しておったゆえ薬も買えなんだらしい。自分を責めに責めた。天を怨み、心は荒れて、飲めぬ酒を無理に飲み、一時は死んだほうがマシと自棄になったが……息子の犬を餓死させるわけにはゆかぬ。やむなく世話をしておるうちに、わが子のようにおもえてきて……つまり、お犬が拙者を救うてくれたのだ」

あるとき、犬がいなくなった。捜しまわってようやく見つけたが、なんと道端から跳びだして、殿さまの行列に吠えかかるところだった。

「まだ生類憐みのご沙汰が厳しゅうなる前ゆえ、斬り捨てられても当然だった。実際、抜刀した家臣もおった。だがご近習のお一人は、地べたへ這いつくばって命乞いをする拙者を見て、抜刀はならぬと命じた。お犬がお好きだったのか、殿さまに許しを得た上で、拙者につれ帰れと……しかも、わがお犬の頭をなでてくださった」

その近習が、先だっての騒動の元凶、萬太郎に斬りかかって返り討ちにあった重臣だったと聞いて、知世はあっけにとられた。しばし茫然と萬太郎の顔を見つめる。

萬太郎はもう、じゃれついてきた茶耳丸の相手をするのに忙しそうだ。

「お犬も、愛おしんでもらえなければ心がすさむ。お犬さま、などと持ち上げるだけで、だれもが怖がって相手にしない。それゆえ、野犬が狂犬になってしまうのだ」

「中野の御囲でもそうでした。ひっきりなしに野犬が運びこまれる。白米や味噌、干鰯など与えられて大切にされているように見えますが、その目はうつろで、無駄吠えをするか喧嘩をするか……人にはなつかず、見る見る痩せて早死にしてゆきます。父や兄のような者たちだけではとても手がまわらず、そのことでいつも胸を痛めておりました」

「お犬も人も、同じだのう」

萬太郎は太い息を吐いた。

「昔のご近習が、ご重臣に出世した。長い歳月になにがあったかは知るよしもないが、少なくとも、良きことばかりではなかったろう」

それは知世も想像がついた。小宮山三太夫には、まわりから眉をひそめられる行いが多々あったと聞いている。歳月が人を変えた。犬を助けてくれた近習も、猜疑心《さいぎしん》のかたまりとなって萬太郎に襲いかかった重臣も、たしかに小宮山三太夫その人なのに。

「鏑木さまは、昔のご恩をおもいだして、御前試合を拒まれたのですか」

知世の問いに、萬太郎はワハハと笑った。

「拙者はさような大人物ではないわ」

そのくせ白耀丸の背をなでていた手をふと止めて、「しかし……」と真顔になる。

「あちらを立てればこちらが立たぬ。世の中、うまくゆかぬのう」

「鏑木さま……」

「先刻、沙汰が下った。三日後に江戸下屋敷にて御前試合、と、相なり申した」

六

御前試合の当日がやってきた。

この日は小春日和で、未明まで吹き荒れていた北風が夜明けにはぴたりとやんだ。水浅《みずあさ》葱《ぎ》色の冴えた空を鶴の群れが渡ってゆく。

酒井家の下屋敷は小石川の東北、白山権現からもさほど遠くない場所にあった。御前試合は屋敷内に設けられた剣術の稽古場で行われることになっている。

酒井家といえば、大老まで上りつめた四代の雅楽頭忠清《ただきよ》が、一時期、幕政を牛耳《ぎゅうじ》って「下馬《げば》将軍」と称されたことで知られる。が、将軍継承問題で失墜して不遇のうちに死去、家督を継いだ現当主、五代忠挙は、今でこそ雅楽頭に返り咲いているものの、長らく幕政から遠ざけられていた。そのため学問や武芸を奨励して領国の政《まつりごと》に力をそそぎ、名君と慕われている。嫡子の忠相《ただみ》公が自ら東軍流の剣術を学んで家中にひろめたのも、こうした背景と父の後押しがあったからだ。

酒井家では、剣客は敬意をもって遇される。馬庭念流《まにわねんりゅう》の流れを汲む堀内先生も、この日は一刀流や東軍流の剣客ともども審判席につらなっていた。当然ながら家臣の数はおびただしい。上座で目をかがやかせている三十代前半の武士が、剣術好きで知られる忠相公だろう。そのとなりで家老らしき武士と話しこんでいるのが酒井雅楽頭か。

知世とお静は、つづきの間の片隅に控えていた。

国元で喧嘩騒ぎがあったとき、意識を失った重臣、小宮山三太夫はあっという間に運び去られてしまった。このたびは御前試合なので、怪我人や失神者が出たときその場で速やかに治療できるよう、医師を待機させている。知世とお静は、堀内先生の口利きで、医師の助手として格別に立ち会いを許された。

真之介も萬太郎の付き人として同席している。

すでに数番の試合が行われていた。各流派からこれぞという剣士が登場して、勝負をしたり型を見せたり、列席者の目を楽しませている。

「されば殿、本日最後の一戦をご高覧願い奉りまする。双方、準備はよいか」

鏑木萬太郎と、この日のために前橋から馳せ参じた小宮山勇兵太が進み出て、上座にむかって平伏した。

「試合をはじめる前に、今一度いうておく。小宮山家の要請により、この一戦は真剣にて行うものとする。いずれかが戦えなくなった場合、または戦いを放棄した場合は、それにて勝敗が定まったものとみなす。勝った者は希むところを奏上いたすがよい。殿が褒美をくださる。双方、よいの」

家老に念を押されて、二人は「ははぁ」と両手をついた。

真剣とは――。

知世は胸に手を当てた。竹刀で戦うものとばかりおもっていた。けれど萬太郎も了承したというなら、異議は唱えられない。

「されば、はじめよ」

二人は左右に分かれて、各々の付き人より長刀をうけとった。正眼にむき合い、目を合わせて辞儀をする。

小宮山勇兵太は色白細面の、武士より公家《くげ》といったほうがぴったりくるような若者だった。ただし病弱でも臆病でもなさそうで、おもいつめた目の色からは命がけでこの一戦に臨む気迫が立ちのぼっている。父の仇を討つ――その一念に凝り固まっているらしい。

一方、萬太郎のほうは、気負いがまったくなさそうに見えた。というより、すでに無念無想の境地に達しているのか、その表情からはいかなる感情も見いだせない。

二人は対峙した。勇兵太はすでに抜刀して身構えている。萬太郎は左手で鞘《さや》をつかみ、右手を柄《つか》にかけて鯉口《こいぐち》を切ろうとしていた。しばし、緊迫した時が流れる。

先に動いたのは勇兵太だった。一歩ふみこみざま、八双《はっそう》から袈裟《けさ》がけに斬りおろす。いや、斬りおろした、はずだった。

が、仰むきにどぉと倒れたのは、その勇兵太だ。ただ一撃で、勝敗はあっけなく決してしまった。まさに目にも留まらぬ速さだ。

「見事ッ」真っ先に忠相公が叫んだ。「そは居合か」

萬太郎は膝をついて長刀を置き、「さようにございまする」と頭を垂れた。小宮山家の付き人が血相を変えて駆けよろうとしたが、萬太郎は片腕を突きだしてそれを制する。

「それがしは、小宮山勇兵太さまにかすり傷ひとつ負わせてはおりませぬ。ご覧あれ。これは峰打ちにございます。さもなくば腕の一本、すっとんでいたはず……」

その言葉どおり、勇兵太はもう覚醒していた。居住まいを正しはしたものの、なにがあったかわからぬようで、放心した顔で萬太郎を見つめている。

萬太郎は勇兵太を一瞥した。

「先の喧嘩騒ぎの際も、たった今ご覧に入れたとおり、それがしは小宮山さまを害してはおりませぬ。つまり、小宮山さまがご逝去されたのは、別の理由があったということ。それがしが出奔いたしましたのは、一介の作事方の話など、だれ一人、まともに取り合《お》うてはくださらなんだゆえ……」

「さればそのほうは、そのことを訴えるため、あえて御前試合をいたしたと申すか」

忠相公が直々に訊いてきた。

「さようにございます。小宮山さまにはかつて、ご恩を被《こうむ》りました。出奔したのもそのご恩に報い、よけいな争いを避けるため。しかし、それでは報いたことにならぬと悟り、こうして試合に臨んだ次第にございます」

ざわざわと座がゆれた。

萬太郎はもう一度、平伏する。

「小宮山さまの一件、今一度、お調べ願いたく……」

勇兵太は言葉を失っている。

酒井家の重臣たちは雅楽頭と忠相公のまわりに集まってしばらく話し合っていた。やがて家老が萬太郎に話しかけた。

「その件については目付に伝えよう。だが小宮山家の内々のことゆえ……。さて、そのほう鏑木萬太郎、勝負に勝ったゆえ褒美をとらせると殿が仰せじゃ。希みを申せ」

知世も真之介も、萬太郎が帰参を願い出るものとおもった。帰参して作事方にもどれば、お静を妻に……という話にも光明が見えてくる。

「されば、申し上げまする。これなる小宮山勇兵太さまの家督相続をこの場にてご許可いただき、江戸屋敷にてしかるべきお役を賜りますよう、伏して御願い奉りまする」

驚いたのは勇兵太だ。いぶかしそうに萬太郎を見る。

知世もあっけにとられた。萬太郎はいったいどういうつもりか。

家老はふたたび雅楽頭と小声で話をした。忠相公もなにか進言している。ややあって、家老はまず勇兵太に声をかけた。

「殿の格別のおはからいである。小宮山勇兵太の家督相続を許す。本日より小宮山家の当主として殿の近習をつとめるよう。精進いたせよ」

勇兵太は感極まったか、「ありがたき仰せ……」と声をつまらせた。

「礼なら鏑木萬太郎に申すがよい。さて鏑木、そのほうの帰参についてだが……」

「希みはひとつ、と、承っておりまする」

「若殿はそのほうの居合の腕をいたく気に入られた。帰参、苦しゅうないと仰せじゃ」

「身に余るお言葉ありがたく、御礼の申し上げようもございませぬ。しかしそれがし、このたびのことで、今いっそう剣術の腕を磨きとうなりました。若きころに一度は断念した夢なれど、水戸へ赴き、新田宮流居合を心ゆくまで修得せんと……」

忠相公はそれでもなお萬太郎に帰参を勧めた。居合の腕ばかりでなく、無私無欲な人柄にも感じ入ったのだろう。腕を磨いたあと、萬太郎は帰参して家中で居合の指南をする、ということで話はまとまった。

「お静さま、よろしいのですか。鏑木さまは水戸へいらっしゃると……」

酒井家からの帰り道、知世はお静の気持ちをおもいやった。萬太郎や堀内先生はまだ酒井家で引き留められている。

お静はおもいのほか、さばさばしていた。

「よろしいもなにも、わたくしがお勧めしたのです。長年、剣術指南の兄を支えてきたわたくしが、お大名家の作事方の家に嫁いでなにができますか、と」

「鏑木さまも意気消沈しているようには見えませんでしたね」

「ええ。あなたは剣技を極めるべきだ、免許皆伝して兄のようにご自分の道場をかまえ、指南をなさる段になられたら、わたくしが馳せ参じましょう、いかようにもお力添えをいたしますと、さように申し上げたのです」

萬太郎は居合の使い手である。もとより剣の道に憧れていた。お静の激励は、白山一派の強者《つわもの》どもをはからずも撃退して高揚していた男の胸に、夢にむかって突き進んでいた時代の埋火《うずみび》をふたたびかきたてたにちがいない。

「鏑木さまはきっとお静さまのところへもどっておいでになる、ということですね」

知世がいうと、お静はホホホと笑った。

「そのころには、わたくしは腰の曲がった婆さんでしょうよ。いいえ。これでよかったのです。わたくしははじめからそのつもりでした」

いつものように背すじをぴんと伸ばして心もち速足で歩きながら、お静は、はるかかなたの、目に見えないものを見つめていた。もしや、おもいを伝えられないまま彼岸へ旅立ってしまった人のおもかげを追っているのか。

無理にも気丈をよそおう横顔を見るのが辛くて、知世は先に立って歩きはじめた。

善右衛門は上機嫌である。あれだけ悪口をいっていたくせに、今はまるで自分の息子を送りだすような気でいるらしい。風邪をひかぬよう汗になったらまめに襦袢《じゅばん》を替えよ、とか、腹ごしらえをしっかりしておけ、とか、胡麻の蠅《はい》（盗賊）にあうやもしれぬから巾《きん》着《ちゃく》は胴巻の下に、とか……うるさいほど世話をやいている。

萬太郎は、この日、水戸へ出立することになっていた。表の稽古場で堀内先生や、真之介をはじめとする弟子の皆々に挨拶をした上で、離れへ立ちよった。けれど本当の目的は、犬小屋にいる白耀丸や茶耳丸と名残りを惜しむことだろう。もしかしたら、お静がそこにいれば、と期待しているのかもしれない。

知世は犬小屋で犬たちに水を飲ませていた。

「いらっしゃるとおもっていました」

萬太郎を見て笑顔になる。

「お静さまでしたら忙しそうにしておられましたよ。たぶん、井戸端に……」

「あ、いや。別れはとうにすませてござる。煩《わずら》わせとうないゆえ」

お静が忙しがっているのは、皆の前で感傷的になるのが恥ずかしいからではないか。いずれにしろ、二人が本当のところは互いをどうおもい、なにを願っているかは、何年か先にならなければわからない。

萬太郎は、白耀丸の顔に顔をよせて愛おしげに背をなでた。それからおもむろに、足元にじゃれついてきた茶耳丸を抱き上げる。

「お犬姫さまに、ひとつ、頼みがござる」

「わたくしにできることでしたら、なんなりと」

「こいつを、茶耳丸を、譲ってはもらえぬか」

知世は目を丸くした。

「水戸へおつれになるのですか。なれど道中は……」

「籠に入れて担いでゆく。ときおり籠から出して遊んでやるつもりだ。あちらへ着いてしまえば心配はいらぬ。水戸ではだれも生類憐みの令など順守してはおらぬそうゆえ」

茶耳丸は萬太郎になついていた。本来なら中野の御犬小屋へ送られるところだったから、萬太郎が愛おしんでくれるというならそのほうがはるかに幸せだろう。

とはいえ——。

「お静さまも可愛がっておられます」

「そのお静さまが、代わりに、つれてゆくようにといってくれたのだ」

「まあ、さようでしたか。では、わたくしはなにも」

「おう、されば譲っていただけるか」

「ええ。可愛がってやってくださいね。茶耳丸、おまえも鏑木さまを困らせないよう……いいえ、せいぜい吠えて、困らせておあげなさい。お静さまの代わりに」

しょっちゅううるさいと叱っていたのはお静、そのお静の身代わりになって茶耳丸が萬太郎と旅をするというのが、なにやらおかしい。

知世は萬太郎の腕から茶耳丸を抱きとって、白耀丸の鼻先へ置いてやった。別れが待っているとも知らずにわが子を舐めまわしている母の姿が胸に迫る。

その寂しさは、萬太郎も人一倍わかっているにちがいない。

「お犬姫さま。重ね重ね、礼を申す。どうか、お達者で」

萬太郎はひょいと茶耳丸を抱き上げた。

茶耳丸がキャンキャン吠える。
白耀丸を抱きしめている知世を残して、萬太郎と茶耳丸は去っていった。

第四話　お犬心中

一

白い鞠《まり》がころがるように、犬が雑木の間を縫って緑の斜面を駆けおりてゆく。力強くはずむ背中にも、ピンと立った尻尾にも、飼い主の期待にこたえようとする心意気があふれている。

「ようもまあ、ここまで仕込んだものよ」

真之介は感嘆の面持ちで崖下を見つめていた。

「あの、息も絶え絶えだったお犬とはおもえぬの」

真之介と並んで白耀丸を見守っている知世は、筒袖の布子と裁着袴、髪を頭頂でひとつに結わえて、足ごしらえは甲掛けの草鞋《わらじ》という若侍のようないでたちだ。犬の訓練中とあって息をはずませている。

「白耀丸とは出会ったときから縁を感じていました。あのときは生きのびてくれるようにとただ必死で……でも、通じ合うものがあるのはわかっていました」

知世は手を叩いて犬に声援を送った。白耀丸は、知世が放った竹の筒をくわえて得意げに尻尾をふっている。

死にかけていた母犬と子犬たちを助けるために赤穂浅野家の下屋敷へ駆けつけた日から、早くも一年余の月日が流れていた。犬たちは命拾いをしたものの、殿中での刃傷という大事が起こってお家はお取り潰し、家臣たちは禄を失って散り散りになってしまった。

堀部のご隠居さまは、どうしておられるかしら――。

弥兵衛老人ともあれ以来、会っていない。

となれば、白耀丸は赤穂浅野家の形見のようなもの。庭の隅の檻に入れっぱなしで体が弱っては一大事。といって生類憐みの令が発布されてからというもの、犬の扱いには厳しい規則ができていた。綱などつけて引いていればこちらがお縄になりかねない。

そこで真之介にも相談の上、ここ、牛天神の裏手の雑木林で訓練をすることにした。崖下は御三家のひとつ、水戸家の屋敷の長大な塀がつづいているだけだから、犬を放すにはもってこいだ。

「さ、いらっしゃい。こっちこっち。はい、よくできました」

知世は竹の筒をうけとり、白耀丸の頭をなでてやった。褒美に好物の干鰯を与える。

「訓練しても成果を見せる場がないなんて、残念ですね」

知世の父が御犬索だったころなら、白耀丸は優秀な猟犬になったにちがいない。

「われらも似たようなものだ。鷹狩の御用がなくなったお犬と、仕官できない浪人と」

「でも道場がにぎわっているのは、腕を磨いて、仕官先を見つけるためでしょう」

「たしかに剣術の腕もないよりはマシだが……よし、白耀丸。取ってこいッ」

足元へじゃれつく犬に声をかけて、今度は真之介が竹の筒を放った。さっきよりはるかに遠い着地点めがけて、白耀丸が勇んで跳びだしてゆく。

「実は……そのことで迷っている」

真之介は白耀丸を目で追いかけるふりをしつつ、視線を宙にさまよわせた。

「堀内先生が、仕官の口があるゆえ推挙してやってもよいとおっしゃった」

「まあ、よかった。おうけするのでしょう」

「いや……ありがたき話なれど……おれはまだ……」

知世は眉を曇らせた。これ以上、知らぬふりはできない。

「仇討をしなければならないからですか」

真之介はぎくりとしたようだ。が、すぐにうなずく。真之介のほうも、いつ打ち明けようかと機会を探していたのかもしれない。

「人生は短い、過去より前を見よ、と先生には叱咤されたが……」

「先生のおっしゃるとおりです。だいいち、お上《かみ》のお許しを得ずに仇討などしたら無事ではすみません」

「わかっている。しかし、父の無念をおもうと……」

白耀丸が知世の足に体をぶつけてきた。吠えれば竹の筒を落としてしまうので、なんとか関心を自分にむけようとしているのだ。知世は筒をうけとって褒美を与えた。が、真之介の話を聞いた今は心ここにあらずで、犬の頭をなでる仕草もおざなりである。

「ご事情はわかりませんが、亡きお父さまは仇討をお望みでしょうか。生きておられたら、先生のお話をおうけするようにとおっしゃるはずです」

「だが、先生はそういいながらも、仇討の助っ人を買って出ようとしている」

知世は目をみはった。では、仇が見つかったのか。

そうではなかった。だれもいないとわかっているのに真之介は素早く左右に目を走らせ、おもむろに声をひそめた。

「おれのことではない。赤穂の、ご浪士たちのことだ」

「ご浪士たちが……仇討を？」

赤穂浅野家が悲運にみまわれた一方で、刃傷を被った吉良上野介にはなんのお咎《とが》めもなかった。これでは喧嘩両成敗《せいばい》の掟に反すると息巻く者もいて、当初は徹底抗戦、城を枕に討死、などと物騒な噂が聞こえていた。幸い何事もなく騒ぎは収束したかにみえたが、赤穂の浪士たちが仇討に及ぶのではないかとの噂は月日を経た今もくすぶっている。

「だれにもいうてはならんぞ。先生もお心の内では、仇討やむなし、いや、それこそ武士の本懐とおもうておられる。となればおれのことも、仇が見つかりさえすれば……」

「手掛かりはあるのですか」

「なくはない。あ、いや、居所はまだわからぬ」

真之介が仇討をするところなど、想像するだけでも恐ろしい。

「おやめください。だれであれ、人の命を奪うなんて、そんな恐ろしいこと……」

「正直なところはおれも……だが、事を為しても断念しても、いずれも悔いが残るような気がする。それゆえ、迷っておるのだ」

白耀丸が吠えていた。遊んでくれと催促している。

真之介は「帰ろう」と知世をうながした。二人が歩きだすと、白耀丸もあきらめたのか、あとをついてきた。牛坂の半ばまで下りたところで、真之介は犬を抱き上げる。

牛石に詣でてから辻を曲がり、堀内家の裏木戸を押し開けて犬を檻に入れるまで、二人はそれぞれのおもいに沈んだまま言葉を交わさなかった。

二

「いかがですか。これなら空《す》きっ腹も満たせますし、なかなかのお味だと、皆さん、喜んでくださるのですよ」

あきは、空《から》の盆を胸に抱いたまま、女たちの反応をうかがった。

あきとは、無聊《ぶりょう》をかこっていた知世の母に俳諧を教えてくれている秋色女のことだ。俳諧では其角の弟子の一人として知る人ぞ知る女流俳人だが、ふだんは気さくで面倒見のよい「けんどん屋」の女房である。

この日、知世と母は俳諧仲間の女たちに誘われて、麻布谷町《たにまち》にあるけんどん屋へやってきた。養生中の母が遠出をすることはめったにない。これは体調がよい証拠で、知世にはなによりうれしいことである。

「ほんに、けんどんがこんなに美味《おい》しいものとは知りませんでした」

母は平たい椀を両手で捧げ持って、品よく汁をすすった。母のこんな姿を見たら、祖父ばかりか、中野の御囲にいる父も目をしばたたくにちがいない。

「ここのはとりわけ美味《うま》いのサ。他とちがって出汁《だし》に昆布をたっぷり入れてるから」

「そりゃ元祖だもの。秋色女の実家は蕎麦切《そばきり》やってたっていうし、ねえ」

「こんなとこで俳号はおよしよ。お客がびっくりしちまう。奥さま、お嬢さまも、ゆっくり召しあがってくださいましな」

小上がりの一画に陣取って、女たちはかまびすしい。

けんどんとは、蕎麦切やうどんを汁で煮込んで「おひら」と呼ばれる大平椀《おおひらわん》に盛ったものだ。蕎麦切はかつてあきの実家のような菓子屋で売られていた。が、近年はけんどん屋の看板も目につくようになった。小腹が空いたときだけでなく、酒呑みの肴としても人気を博している。

「母さま、お祖父さまや善次郎にも食べさせてやりましょう。お静さまにも」

「お静さまは眉をひそめますよ。女子が店先で物を食べるなど、はしたないと」

「それはお祖父さまとて同じです。二人とも似た者同士ですね。召しあがりたくても、行儀作法だの武士の沽券だの、ああだこうだといって結局は食わずじまい」

母娘が忍び笑いをもらしたときだ。入り口の床几《しょうぎ》に腰掛けている日雇《ひやとい》らしき男たちのあいだから怒声がわきおこった。酒に酔って喧嘩をはじめたのか。

あきはつかつかと歩みよった。

「喧嘩なら表でやっとくれ。二度と来ないどくれよ。さ、出てった出てった」

あきの剣幕に恐れをなして、男たちは身をちぢめる。

「さすがは秋色女どの……いえ、けんどん屋の女将《おかみ》さんですね」

知世が感心すると、あきは苦笑した。

「喧嘩なんぞにオタオタしてちゃ商いはできませんよ。まったく、呑兵衛ばかりなんだから。だいたい宗匠さまからして大酒呑みだし……」

あきが宗匠というのは其角、芭蕉亡きあと、俳聖とも崇められている。

「まあ、宗匠さまも蟒蛇《うわばみ》なのですか」

「蟒蛇なんてもんじゃ……うちの亭主と二人で呑んだら一斗樽だって空にしちまう」

「馬鹿ッ。一斗も呑んだら死んじまわぁ」

暖簾のむこうからあきの亭主の声がとんできた。元は古着屋だったというべらんめえの亭主も、こと俳諧となれば、寒玉《かんぎょく》というれっきとした号をもつ其角の愛弟子である。

「なんだい、おまえさん。手が空いてるんなら挨拶が先だろう」

あきにいわれて、亭主も出てくる。女たちに挨拶をした。

「ほう、あの剣豪の堀内先生の離れにお住まいと……」

亭主が知世の母に挨拶をしたとき、店内のどこかで今度はガチャンと音がした。湯呑が割れた音か。亭主とあきがとんで行く。

知世はまた男たちの喧嘩がはじまったのかとおもった。が、くぐもった声で謝っているのは女だ。用事でもおもいだしたのか、床几からあわてて立とうとして湯呑茶碗を落としてしまったのだろう。

「お香《こう》さん、そこはいいから」

「あ、湯呑のおアシはいらないよ、どうせ安物なんだから」

女は代金をいくらか余分に置いて、そそくさと出ていった。

知世のところからは、女の顔も姿も見えなかった。けれど母は、体をずらせば衝立《ついたて》の横から女が見える位置にいた。

「おや、あのお人……」

盆に割れた湯呑をのせてもどってきたあきは、知世の母に目をむけた。

「あれ、奥さまはお香さんをご存じなんですか」

「いいえ、お香さんというお人は……でも、どこかで見たような……だれか似たようなお人がいたのでしょう、昔の知り合いに」

母の視線をうけて、知世も首をかしげる。

「お香さんはご常連さんですか」

「ええまあ、引っ越してきたそうで、この半年ほどはちょくちょくと……」

「お香さんといやぁ、お犬さまの幽霊がどうなったか、訊いてみりゃよかったな」

亭主が話に割って入った。

「お犬さまの幽霊……なんですか、それは」

「いやね、お香さんはお隣の御箪笥町《おたんすまち》の、寺にかこまれた空き家を借りて住んでるそうだが、あのあたりじゃ、お犬さまのコレが出るんだとか……」

亭主は幽霊よろしく両手の甲をたらして、恨めしやワンワンと吠えてみせた。その恰好がおかしかったので、女たちは笑いころげる。

「なんですよ、みっともない。つまりね……」と、あきがあとをつづけた。「夜中にお犬の声が聞こえるんですって。ところが、声はすれども姿は見えぬ。近所の衆が総出で捜して、お武家さまのお屋敷にも訊き合わせたけれど、野犬も飼い犬も中野の御囲へ送られてしまっていやしません。そのうちにお犬の幽霊を見たって人があらわれて……」

「どんな幽霊ですか」

好奇心にかられて知世がたずねた。

「それがねえ、熊か猪《いのしし》かと見まごうほどでっかい犬で、闇の中、白い体がぼんやりと浮かびあがっていたんだとか……大雲寺《だいうんじ》の墓所へすーっと消えてしまったそうですよ」

「ではそのお犬、足がなかったのですね」

知世にいわれて、あきと亭主は虚を衝《つ》かれたように顔を見合わせた。

三

江戸屈指と評判の堀内源左衛門の剣術道場は、この日も熱気にあふれていた。

お静に頼まれ、井戸で冷やして切り分けた甜瓜《まくわうり》を控えの間へ運んだ知世が柱の陰から稽古場を覗いていると、ひょいと頭に手を置かれた。

「先生ッ。驚かさないでください」

「見惚《みと》れておったところをみると、とうとう見つかったか」

「見つかったって、なんのことですか」

「婿殿だ。母者も快方へむこうておるそうだし、いつまでもこうしてはおれんだろう」

「婿……わたくしのですか」

「これだけおるのだ。よりどりみどり。よし。わしが話をつけてやろう」

「やめてください。見惚れてなどおりませんよ」

先生はハハハと笑って稽古場へ入ってゆく。すると表情は一変、弟子たちを見渡すまなざしが真剣の刃のような鋭さを帯びた。

弟子が増えただけでなく、稽古場の空気もこれまでとはちがっているようだ。赤穂の浪士たちが仇討を画策しているという話は、先生と数人の取り巻きしか知らない。それなのに緊迫した気配を感じてしまうのは、先生が浪士たちに肩入れしているからか。

真之介も、相弟子の一人と手合わせの最中だった。そう、知世が見惚れていたのは真之介だ。道場を覗くたびに姿を捜してしまう。ひところは出稽古だ用心棒だと不在のときのほうが多かった真之介も、このところ稽古に励んでいた。なにかおもうところがあるのかもしれない。

「歳はとりたくないものよのう。昔は二番三番、いや、いくら手合わせをしてもへたばりはせなんだが……」

祖父の善右衛門が、手拭いで汗を拭きながら出てきた。

「お祖父さま。冷たいうちに甜瓜をどうぞ」

知世は祖父にひと切れ、手渡してやる。

「お静さまが皆さまにお持ちするように、と」

お静と聞いても祖父はうなずいただけで、以前のように憎まれ口はきかなかった。お静に求婚者があらわれるという前代未聞の出来事がまだこたえているらしい。

「それはそうとお祖父さま、わたくしたちはいつまでここにいられるのですか。母さまは一日も早う中野へ帰りたいといっておられます。もうすっかりようなった、と」

養生のためとはいえ、夫と嫡男を中野の御囲へ残して自分たちだけが小石川で暮らしている。母はそのことに当初から後ろめたさを感じていた。夫の身のまわりの世話ができないことが辛《つら》いのだ。

「むこうは、あわてず今しばらく養生するように、というておる。御囲はなにも変わってはおらぬのだ。二六時中お犬どもに吠えたてられては、病がぶりかえすやもしれぬ」

知世自身は、ふたつのおもいのあいだで逡巡していた。父や兄のもとへ帰って家族そろって暮らしたいというおもいと、もう少しここに――堀内先生やお静、とりわけ真之介のそばに――いたいというおもいと。

「わしも、もうしばらくはこちらにおって様子を……見とどけねばならぬ」

「もしやご浪士がたの……」

祖父はあわてて口元に人差し指を立てた。

「いつ、なにがあるか。なにがあろうと、わしは先生のご指示に従う。いざとなれば助太刀もいとわぬ。なぁに、存分に働いて、このシワ首、よろこんでくれてやるわ」

祖父はよっこいしょと腰を上げた。肩のあたりに自負をみなぎらせて道場へもどってゆく後ろ姿を、知世は一抹の不安と共に見送った。


離れへもどると、母屋から知らせがきていた。

「来客……わたくしに？　どなたでしょう」

知世は母屋へおもむいた。客間に見知らぬ武士がしゃちほこばって座っている。

「こちらは御旗本の越智《おち》家のご用人、須藤八郎太《すどうはちろうた》さまにございます」

お静が知世を引きあわせた。

「ほほう。こちらがお犬姫さまにござるか」

須藤は膝に両手を当てたまま目礼をした。

「須藤さまは、お犬姫と見込んで頼みがおありだそうです」

「なにとぞ、お力添えをいただきたく……」

須藤によると、越智家の姫は犬をたいそう可愛がっている。ところが一昨日、犬の世話をしていた小者がいなくなってしまった。犬は姫とこの小者にしかなついていないので、家中の者たちは困り果てているという。

「尋常ならざるお犬さまにござるゆえ……」

須藤は両腕をいっぱいにひろげた。歯までむきだして見せたのは、見かけとちがって剽軽《ひょうきん》な男らしい。須藤が真似をして見せたとおりなら、だれも怖がって近づかないというのも合点《がてん》がゆく。

「わたくしにお犬さまのお世話をするように、とおっしゃるのでしょうか」

「いや、お犬さまとひととき遊んでやってもらえればそれで十分。仲むつまじゅう遊んでいる様子をお見せすれば、姫さまも心おきのうお輿《こし》入れができよう」

「遊ぶだけでよろしいのですか」

「実は祝言《しゅうげん》の日取りが迫っておっての、どのみちお犬さまをつれては嫁げぬ。それはご承知なれど、小者につづいて今またご自分がいなくなれば、お犬さまが寂しゅうなるのではないかと案じておられる。このままでは嫁いでもお犬さまが心配で夜も眠れぬと、姫さまはさよう仰せなのじゃ」

犬といっしょにいたいがために、これまで縁談を拒みつづけてきた。だが家の事情もあって、これ以上は逆らえぬと観念した。ところが自分に代わって犬を愛おしんでくれるはずの小者が失踪してしまった。そんなとき、お犬姫の話を小耳にはさんだ。姫は、犬を愛おしんでくれる者、犬のほうでもなつく人間が自分以外にもいることをその目で見て安心したいのだろう。

「嫁がれたあとはどうなさるのですか。わたくしはそちらへ通うわけにも、泊まりこむわけにも参りません。ここにもお犬がおりますし今一匹は……」

知世はちらりとお静を見た。お静はぎょっとした顔で両手をふる。

「むろん。さようなことまでお願いするつもりは毛頭ござらぬ」

姫が嫁いだのちは、中野の御囲へ送る手筈がついているという。心を乱さぬよう姫にはまだ内緒にしているが、家中の者たちの何人かにはすでに知らされていた。

嫁いでしまえば、婚家になじむまで気がぬけない。実家のこと、ましてや犬のことを考えている暇はなくなる。祝言さえ挙げてしまえば……と、越智家では目下、姫を腫れ物にさわるように扱っているという。

「姫さまにも御囲の話をしておいたほうがよいのではありませんか」

「されど……もしや、へそを曲げられでもしたら、これまでの苦労が水の泡となる。このたびの縁談は、どうあっても、反故《ほご》にするわけにはいかぬのじゃ」

額の汗を拭いながら弁明する須藤を見れば、知世もそれ以上はいえない。

「ひととき遊ぶだけでよろしければ、承知しました。おうかがいいたします」

「おう、ありがたや」

須藤は手を合わせた。

「それにしても、いずこでお犬姫さまのことをお知りになられたのでございますか」

そろそろ話に加わってもよさそうだと判断したのか、お静が須藤にたずねた。

「けんどん屋にござるよ」

「けんどん屋……」

いぶかしげな顔のお静にかわって、知世は膝を乗りだした。

「あきさん、ですね。秋色女どの」

「さよう。秋色女は俳諧のお仲間での、先日、けんどんを食うたときに話を聞いた。俳諧仲間のお武家の奥さまが、娘御のお犬姫さまと食べにみえたと……。それで、その話を姫さまに申し上げたのだ」

「あれまぁ、けんどんを食べにいらしたのですか」

お静の声音には非難の響きがあった。けんどんを食べに行ったことと、自分が除け者にされたこと、どちらに機嫌を損ねたのか。

「俳諧のお仲間が母をつれだしてくださったのです。外の空気を吸ったほうが体によいからと……」

今度はごいっしょに、と知世がいうと、「わたくしはけっこう」とかえしながらも、お静は表情を和らげる。

「あきさんは板についた女将ぶりでしたね。お店も繁盛しているようで……そういえば、お犬の幽霊の話をうかがいました」

「おう。その話なら聞いておる。幽霊が、それもお犬さまの幽霊が盗みを働くとは、いやはや、奇怪《きっかい》にござるのう」

知世は耳をそばだてた。

「盗みを働く？　お犬の幽霊が盗みを働いたのですか」

「さよう。お犬さまが吠えたてる。それも一匹にあらず、やれあっちだこっちだと家中の者たちが右往左往しておるところへお犬の幽霊があらわれ、暗がりに消えてゆく。凍りついていた者たちがわれにかえるとどうじゃ、決まってお宝が消えておるそうな」

須藤が用人をつとめる越智家は、赤坂築地《つきじ》に屋敷をかまえる三百石の賄頭《まかないがしら》だという。あきのけんどん屋がある麻布谷町、犬の幽霊が出た御簞笥町、どちらとも近い。

犬を目くらましにした盗賊騒ぎ――。

それなら昨年、小石川でもあった。そう、盗賊お犬党だ。ざわめく胸を鎮め、知世は明日にも越智家を訪ねる約束をした。

「では、そのお香という女が香苗だというのか」

「わかりません。わたくしは顔を見ていませんし。でも、今おもえば、母やわたくしの素性を知ったとたんに逃げだそうとしたようにも……」

知世と真之介は牛石に詣でた。知らせたいことや相談したいことがあるときは牛石で、と、いつのまにか約束事のようになっている。

「お犬姫のお母上は顔をご覧になられたのだろう。なんと仰せだ」

「はっきりとはわからなかったそうですが、いわれてみればそんな気がする、と……」

駆け落ち者の夫婦を装って真之介の長屋の隣家に住んでいた香苗は、盗賊お犬党の一味だとおもわれる。事が発覚する寸前に夫役の男を殺し、逃亡してしまった。

盗賊お犬党の手口も、犬の群れを屋敷内に放ち、家中が騒いでいるあいだに盗みを働く、というものだ。

「ほとぼりが冷めるのを待って場所を変え、また盗みをはじめたのやもしれません」

「しかし、なぜ、お犬なのか。たしかに犬なら大騒ぎになる。家人が右往左往してくれれば賊にはもってこい……とはいえ、犬を意のままにあやつるのはむずかしい。当節、集めるだけでもひと苦労だし、お上の目も光っている」

「あのときは長屋の子供たちの手を借りてお犬を放ったのでしたね」

「うむ。今度は子供たちの助けが得られなかったので、やむなくお犬の声と幽霊で脅すことにしたのだろう。暗闇だ、白い犬の足に炭でも塗れば幽霊になる」

「まずあちこちでお犬を吠えさせて、次に幽霊で皆の度肝をぬいたのですね」

奇想天外だが、どこの屋敷でも犬には神経を尖らせている。妙案にはちがいない。

「あのときの女が一枚かんでいるとしたら、われらも知らん顔はできぬ」

「急がないとまた行方をくらましてしまうやもしれません。あ、でもわたくしは明日、御旗本の姫さまのところへ行く約束をしてしまいました」

「おれがけんどん屋へ行って、お香の住まいをたずねてみる。となると、そうだ、ご隠居にご同道を願おう」

祖父の善右衛門はあきとも顔見知りである。

「でしたらお祖父さまにも、ぜひ、けんどんを」

もったいぶって渋面《じゅうめん》をつくりながらも内心は嬉々として舌鼓を打つ祖父の姿を想像して、知世と真之介は声を合わせて笑った。

四

赤坂築地の越智家は、南部坂を上ったところにある。堀内家からは外濠に沿って南西へ行き、牛込、市谷、四谷、喰違《くいちがい》、赤坂と五つの御門を横に見ながら溜池まで出て南へ折れる。知世の足でも一刻はかからない。

周囲には中小の武家屋敷が立ち並んでいた。越智家は四百坪ほどで、こけら葺《ぶき》の長屋門を入ると玄関の式台まで石畳がつづいている。

「ご用人さまがお待ちかねでございます」

知世は書院の次の間へとおされた。待つまでもなくやってきた須藤は、今日は姫さまのご機嫌がことのほかわるい、と申し訳なさそうに謝った。

「ご不快なおもいをさせるやもしれぬ」

「かまいません。わたくしがお世話をするのはお犬さまですから」

「されば、よろしゅうお頼み申す」

知世は女中に先導されて、北側の奥向きの小座敷へ入る。が、長々と待たされたあげく、姫は出てこなかった。

「おつむりが痛いそうにございます。このまま庭へまわって、お犬さまのお相手をしていただきたいと……」

女中が憐れむような目をしたところをみると、よほど恐ろしい犬らしい。

「かしこまりました。で、お犬さまは、なんとお呼びすればよいのですか」

姫の機嫌をとるより、犬を手なずけるほうが気が楽である。

「百麻呂《ももまろ》さま、と申されます。ご自身が百代《ももよ》さまと仰せですので」

百代に百麻呂……それだけで、姫の犬への愛着がわかろうというものだ。

知世は女中が用意した下駄を履き、裏庭へおりようとした。

「あ、お待ちを。あのう、これを、お持ちになられたほうが……」

女中が手渡そうとしたのは、勝手口の戸を内側から封じるための心張棒《しんばりぼう》である。犬が襲いかかってきたときはこの棒で身を守れ、ということらしい。

「けっこうです。それより百麻呂さまはいずこですか」

「お犬小屋に……でも姫さまが……いえ、くれぐれもご用心を」

知世は裏庭へ出て　四方を見渡した。犬の檻はどこにあるのか。

あ、あれだわ――。

木立の陰に人の背丈ほどの丸太小屋があった。二、三歩近づいて足を止める。入り口の扉が開いていた。

と、そのときだ。背後で犬の唸り声がした。ふりむくなり棒立ちになる。

百麻呂は、熊かと見まごう巨体で地を這うようにかまえ、歯茎をむきだしにして、今しも知世に跳びかかろうとしていた。白耀丸同様、毛並みは白い。が、鼻から口、つりあがった目のまわりが黒く、それが犬の形相《ぎょうそう》をことのほか怪異に見せている。

知世は、だが、恐怖を感じなかった。なぜなら、その双眸《そうぼう》にあるのは狂気ではなく、闖《ちん》入者《にゅうしゃ》を牽制して飼い主を守ろうとする犬の忠義だとわかっていたからだ。守るものがあるのは心がある証拠、それなら心を通わせる努力をすればよい。

「百麻呂さまですね。ようやく会えました」

知世は地面にしゃがんで両腕をひろげた。笑みを浮かべ、同じ高さになった犬の目をじっと見つめる。

「いらっしゃい。おまえに会いにきたのですよ。百麻呂さま、さあ……」

犬は警戒を解《と》かなかった。が、襲いかかろうという勢いもそがれたようだ。初対面の人間からこんなふうに親しみをこめて話しかけられたことがないので、どうしたらよいかわからないのだろう、首をかしげ、片耳をひくつかせている。

知世はあわてなかった。驚かすのは厳禁。足がしびれてきても動かぬまま、小声で歌を口ずさむ。犬が身がまえるのをやめ、空吠えをしたり鼻を鳴らしたり困惑の様子を見せはじめるのを待って、知世はふところから半紙に包んだ干鰯をとりだした。御旗本の姫の犬の口に合うかどうか心配だったが、百麻呂は地面に置かれた干鰯に近づき、鼻を近づけて匂いを嗅いだ。

「どうぞ、お食べなさい」

干鰯を腹におさめた犬は、つづいて知世の手のひらからも干鰯を食べ、やがて知世の足元に寝そべって半眼になった。おとなしく背中をなでられるにまかせ、ときおりおもいだしたように尻尾をパタンパタンとふる。

ひそかに観察していたのか、縁側の襖《ふすま》が開いた。

「そなたがお犬姫か」

姫が顔を覗かせた。十六、七の小柄な娘で、黒眸《くろめ》がちの大きな目と紅《あか》いくちびるが愛らしい。けれど今は、その目がつり上がり、くちびるは突きだされて、苛立《いらだ》ちが全身からあふれていた。

「こちらへ来やれ」

知世がぬれ縁のそばまで行くと、百麻呂もむくりと身を起こしてついてきた。ぬれ縁に前足をかけ、ちぎれそうなほど尻尾をふる姿は、さっきまで知世を威嚇していた犬とはおもえない。熊のような大きさだからその気になればぬれ縁に跳びのることもできたはずだが、その前に姫が犬に抱きついた。わが子のように頬ずりをする姿だけで、姫がどれほど百麻呂を愛おしみ、百麻呂がどれほど姫になついているか一目瞭然だった。

「なぜ、怖がらぬ」

「百麻呂さまの御目はおやさしゅうございますもの」

「この子はだれにもなつかぬ。わらわと捨麻呂《すてまろ》以外は」

「捨麻呂……お犬さまのお世話をしていたお人でございますか」

「子犬のころから二人で育てた。二人の名をつけたのじゃ。それなのに……」

姫の機嫌がわるいのは、頭痛のせいではなく、お気に入りの小者がいなくなってしまったためかもしれない。

「行方はわからないのですか、その捨麻呂どのの」

「行方？　そう……わからぬ。わかるものか」

座敷へ上がるよう命じられて、知世は下駄を脱ぎ、念入りに土埃を払ってからぬれ縁に上がった。百麻呂は安心したのか、縁の下の地面に長々と横たわって目を閉じている。

姫は知世を座敷へ引き入れ、三方の上の干菓子《ひがし》を勧めた。

「わらわは嫁がねばならぬ。嫁ぎとうないが、ここにおるわけにもゆかぬ」

百麻呂が知世をうけいれるのを見て自らも心を開く気になったのだろう。異母兄が家督を継いだので、自分の居場所がなくなったのだと姫は打ち明けた。

「婚家で新たな暮らしがはじまります。奥方さまになられるのですもの、もう居場所がない、などという心配はなくなりますよ」

「百麻呂に会えのうなる」

「百麻呂さまには愛おしんでくださる飼い主があらわれます。忠実な、心やさしいお犬さまですもの」

「ならばなぜ、皆は怖がるのじゃ。大きいからか。恐ろしいご面相だからか。だれ一人、心までは見ない」

姫は正しい。人は見えるものしか見ようとしない。

「でも、姫さまやわたくしのように、百麻呂さまの値打ちがわかる者もおります」

「捨麻呂がそうじゃった。だれよりも百麻呂を愛おしんでいた。捨麻呂は……」

姫はふいに口をつぐんだ。

捨麻呂は捨て子で、越智家で育てられたという。長屋に部屋を与えられていたが、丸太小屋で犬と寝ることもしばしばだったとか。そんなにも愛おしんでいた犬を置き去りにして、なぜ姿をくらましたのだろう。もしや、姫が嫁ぐところを見たくなかったからではないか。捨麻呂は姫に懸想をしていた、いや、二人は好き合っていたのだと知世はおもった。それなら姫がこれまで縁談を断りつづけていたわけもわかる。

われにかえると、姫がじっとこちらを見つめていた。さっきまでの童女のような顔とは別人のように大人びた表情である。

「須藤の話では、そなたは御囲に住んでいたとか」

姫の口から御囲という言葉が出たので、知世はびっくりした。須藤は内緒にしているといっていたが、姫は自分が嫁いだあと百麻呂が御囲へ送られることを、とうに気づいているのかもしれない。

「はい。今も家がありますし、父や兄は御囲でお役目をつとめております」

「どんなところじゃ」

知世は姫に御囲の話をした。姫はひと言ももらさぬよう身を乗りだして聞き入っている。話が終わると、ため息まじりにつぶやいた。

「百麻呂は御囲へ送られる」

やはり知っていたのだ。いずれはわかることだから、知世はうなずいた。

「わたくしもいずれは御囲へ帰ります。百麻呂さまのことは父や兄にもよう話しておきます。どうぞご安心ください」

姫はまだなにかいいたそうだった。が、なにもいわず、物憂げな顔で頭を下げただけだった。

暮れる寸前の夕陽が、黒光りする牛石をいちだんと艶めかせている。それは美しいと同時に、禍々《まがまが》しくも見えた。

「いないッ。いないって……引っ越してしまったということですか」

知世は鳩尾に両手を当てた。真之介は無念そうにうなずく。

「けんどん屋で住まいを教えてもらった。だがもういなかった。お香という女、古ぼけた空き家を借りて住んでおったそうでの、近所には寝たきりの父親の看病をしていると話していたそうな。おれが行ったときはもぬけの殻だったが、何人かで暮らしていた形跡が残っていた」

近隣の人々は身内らしき人々や医師が出入りするのを見ていた。といっても、寺にかこまれたその家はまわりの民家から離れていて、しかも寺には住持がいないので、暮らしぶりまではわからなかったという。

「お犬もいたのですか」

「ご隠居はなにか……」

「いいえ。けんどんがおもいのほか美味かった、とだけ」

顔を合わせるなりどうだったかと訊ねた知世に、祖父は目を泳がせた。けんどんの話しかしなかったのは、母や善次郎がそばにいたせいかもしれない。

「檻があったのですか。お犬がいたのなら……」

重ねて訊ねると、真之介は苦しげに顔をそむけた。

「檻はあった。が、お犬は、いなかった」

「つれて逃げたのですね、盗賊お犬党が」

「つれては行かなんだ。いや、少なくとも全部のお犬をつれて行ったわけではない」

真之介はいいよどんでいる。知世ははっと息を呑んだ。

「教えてください。なにがあったのですか」

「はじめはおれもつれて逃げたのだろうとおもった。が、帰ろうとするとご隠居が、待てと引き止めた。掘りかえしてみようと……」

悲鳴がもれそうになって、知世は口を手でふさぐ。

檻があったのは雑木林の中だった。矢来で囲われただけの簡素なもので、地面を掘りかえしたところ、竹で編んだ籠を口にはめられた犬の亡骸《なきがら》が出てきたという。

「四体あった。小さな犬ばかりで、幽霊らしき犬はいなかった」

犬の幽霊は熊か猪ほどの大きさだったと聞いている。では、お香と仲間は幽霊役の犬だけをつれて逃げたのか。

「お犬を殺めて埋めるなんて……お上に知られたら首を刎《は》ねられます」

盗賊であろうがなかろうが、それだけで死罪はまぬかれない。むろん知世も、こみあげてきた怒りに身内をふるわせている。

「許せません。お犬たちをあやつって、無用になったら埋めてしまうなんて」

今日は越智家の犬と遊んだ。百麻呂は姫に愛おしまれ、この上なく大切にされていた。

一方、お香の手に渡った犬たちは、残虐に命を絶たれてしまった。

「犬も人も……あまりにちがいますね、愛おしまれるものと、そうでないものと……」

越智家の話はまだしていない。真之介は百麻呂を知らない。

「白耀丸は幸せな犬だ」

そむけていた顔を元にもどして、真之介は眩《まぶ》しそうに知世を見つめた。

「お犬姫のそばで暮らせるのだから……」

五

お香と香苗は同一人物で、盗賊お犬党の一味だった――。

知世と真之介は偶然にも知ることになった事実に驚愕した。とはいえ今さらどうすることもできない。お香は一枚も二枚も上手《うわて》だ。またもや姿をくらましてしまった。

「どこかでまたお犬を集めて……そうおもうと、ぞっとしますね」

「今度はどんな手を使ってくるか。お犬の幽霊騒ぎもいまだわからぬことだらけだ」

そんな話をしていたところへ、須藤が訪ねてきた。知世にまた頼み事があるという。

「乗りかかった舟とおもうて……なにとぞ、よろしゅうお頼み申す」

今度は犬ではなく、姫についての頼み事だった。

姫は百麻呂を御囲へ送る件を了承した。知世から話を聞いて安心したようだ。御囲についてはすでに姫には内緒で進められていたことだから、越智家としても異を唱える筋合いはない。ところが――。

「めでたしめでたし、とはゆかぬ。姫がまたまた難題を出されてのう……」

御囲がどんなところか自身の目で見たい、百麻呂を送ってゆくといいだした。

「姫さまが御囲へ行く、といわれたのですか」

「さすれば安心して嫁げる、もうわがままはいわぬと仰せなのだが……」

いいだしたら聞かない姫である。須藤の頼みとは、百麻呂を中野の御囲へ送る際、姫といっしょに行ってほしい、というものだった。

「お犬姫さまのお父上は御囲におられると聞いてござる」

「はい。父と兄がおります」

「お父上に百麻呂さまをお預かりいただけば、姫さまも安堵されるに相違ない」

「それはむろん……でも、どうでしょう、かえって不安になられるやもしれません。御囲はお屋敷とはちがいますから」

近ごろは少なくなったようだが、犬の数は十万匹とも喧伝されていた。父や兄がどんなに心をくばっても、それだけの数の犬の世話を万全にすることはできない。病犬や衰弱した犬を目《ま》のあたりにすれば、姫の不安がつのる心配もあった。その前に、御旗本の姫が、あのすさまじい喧噪にたえられようか。

「姫さまのかわりにわたくしが百麻呂さまをおつれする、というのではいけませんか」

「それですむなら悩みはせぬわ。このとおり、たってお頼み申す」

姫はなぜ、それほどまでに御囲へ行きたがるのか。犬の行く末を見とどけるだけでなく、他にもなにかわけがあるのかもしれない。

いずれにしても、知世はもう出かける気になっていた。どのみち一度は行かなければとおもっていたのだ。母は早々に帰りたがっているが、自分たちはこれからどうしたらよいのか、父の考えを聞いておきたい。

「わかりました。姫さまのお供をして御囲へ参ります」

「おう、行ってくれるか。お犬姫さまがご同行くだされば百人力」

須藤は相好《そうごう》をくずした。いとも容易《たやす》く百麻呂を手なずけ、姫の機嫌までなおしてしまった知世に、今や全幅の信頼を寄せているらしい。

知世は膝を進めた。

「二、三、おうかがいしてもよろしゅうございますか」

「むろん、なんなりと」

「百麻呂さまのお世話をしていたご家来ですが、居所はおわかりでしょうか」

須藤は首を横にふった。

「姫さまのお輿入れがすんだのちに事情を話し、百麻呂さまを御囲へつれて行かせるつもりだったのだ。どうしても百麻呂さまと離れとうないと申すのであれば、なんとか伝手《つて》を見つけて、御囲にいられる算段をしてやってもよいと殿はお考えであった。ところがあやつは挨拶もなく、突然、いなくなってしもうた」

「ひと足先に御囲へ行っている、ということはありませんか」

須藤は即座に首を横にふった。

「いや、百麻呂を置いて先に行くとはおもえぬ。もっとも、中野に身内がいる、とでもいうなら話は別だが……」

捨麻呂は捨て子だから身内はいないはずだ。けれど須藤は、捨麻呂が門前で妙齢の女と立ち話をしているところを見かけたことがあるという。意外におもって門番にたずねると、女は捨麻呂に身内のことを教えにきたと話したとか。

「では、捨麻呂どのは身内の居所がわかったので出て行ったのかもしれぬと……」

「他に行く当てもなかろう」

須藤は、自分から出ていった小者のことなど、関心はないようだった。が、知世はどうしても頭から離れなかった。捨麻呂は子供のころから犬を愛おしみ、その扱いにも長《た》けていたという。もしや、身内が御囲にいる、とは考えられないか。

姫が御囲へ行きたがるわけが万にひとつ捨麻呂だとしたら……二人のあいだで秘密の約束が交わされているとしたら……。

だからといって、おもいつきだけでそんな話をして、今でさえ悩み多き須藤の頭を混乱させるつもりはない。

知世と須藤は中野へ行く日時と手筈を相談した。

「やれやれ。これで当家も厄介事がひとつ片づく」

安堵の息をついて、須藤は越智家へ帰って行った。

「姉上ッ。おれも行くッ」

知世の話を聞くや、善次郎が手をあげた。

「だめよ。物見遊山じゃないんだから」

知世は反対したものの、今回ばかりは母も祖父も弟の味方だった。

「善次郎も父上のお顔が見たいのでしょう。つれて行っておあげなさい」

「多忙で江戸へ来る暇がないそうゆえ、ちょうどよい、顔を見せてやれ」

堀内家の離れで暮らしをはじめて二年になる。母は早く帰らなければとあせっているようだが、そのことも知世から伝えてほしいらしい。

「旦那さまは御文もままならぬほどお疲れのご様子、お手をやかせてはなりませんよ」

そんなわけで、知世は弟をつれてゆくことになった。姫の駕籠とお犬駕籠とをかこんでの仰々しい行列だから、道中、危難にあう心配はなさそうだ。

「知世。少々よいか」

話が終わるや、祖父が手招きをした。すたすたと歩いて裏庭の犬小屋のかたわらへ行く。

知世は先日のお犬党に逃げられた話かとおもった。

そうではなかった。祖父は知世がすっかり忘れていた名を口にした。

「不破さま？　どこかで聞いたような……あ、そういえば裏木戸の外でばったり出会うたことがございます。堀部のご隠居さまといい争いを……」

二年も前の、たったそれだけの出会いだった。名前を聞いただけでおもいだしたのは、不破数右衛門がちょっとやそっとでは忘れられない風貌の持ち主だったことと、お家を永のお暇になったという経歴、それに加えて、真之介の知り合いだと聞いたからである。

「不破さまが、どうかなさったのですか」

あれから一度も顔を見ていない。

祖父は声をひそめた。

「昨年の刃傷騒ぎののちは大坂におったそうでの、今は江戸へもどり、麹町《こうじまち》の裏店《うらだな》におるらしい。名は松井仁太夫《まついにだゆう》」

「まあ、お名前を変えたのですか」

「赤穂浅野家に帰参したそうじゃ」

帰参とは元の家にふたたび仕官することだ。といっても、赤穂浅野家はお取り潰しになってしまった。仕官しようにもできない。いったいどういうことか。

「変におもうやもしれぬが帰参は帰参だ。つまり、これにはわけがある」

「もしや、噂どおり仇討を……」

「しッ。お家のことにはわれらも口をはさめぬ。それより、さるところで不破どのに会うたのだが、妙なことをいうていた。河合真之介の仇の居所を知っておる、と」

知世ははっと息を呑んだ。不破はなぜ、そのような大事を、当の真之介ではなく祖父に教えたのか。祖父はなぜ、今このとき、知世に話す気になったのか。

それにも理由があった。

「えッ、御囲にいる、というのですか」

「何年か前のことゆえ、今もいるかどうかはわからぬ。が、不破どのが食うに食えず、御囲へ出稼ぎに行ったときはおったそうだ。御囲には数多《あまた》の浪人がおる。だが、たいがいは早々に音《ね》をあげる。不破どのもすぐに逃げ帰ってしもうたそうじゃ」

「そもそも、河合さまのお父上に、なにがあったのですか。何度もたずねようとしましたが、どうしてもたずねられず……」

祖父は困惑の表情を見せた。知世が真之介から聞いているとおもっていたのだろう。思案の末、語りはじめる。

真之介の父は徒目付《かちめつけ》の一人で、生類憐みの令のもと、犬を虐待する者を取り締まっていたという。ところがあろうことか、河合家の用人が犬を、それも二匹も斬り殺してしまった。用人は当然ながら手討ち、真之介の父も連座して切腹、河合家は改易となった。

だが、よくよく調べてみると、これは仕組まれた罠《わな》だった。当時、四谷にあった御犬小屋に、犬を手なずけることにかけては右に出る者がいないというお犬使いがいて、この男が河合家の用人と諍《いさか》いを起こした。犬の仕業なら、自分は手を汚さずにすむ。二匹の猛犬に用人を襲わせ、咬み殺されればそれもよし、防戦して犬を殺めれば死罪……と冷酷な謀《はかりごと》をめぐらせたのである。真相が判明したときにはもう父も用人もこの世にはなく、お犬使いも行方をくらましていた。今さら罪に問えないのであれば、せめて自分の手で父の無念を晴らしたいと、真之介は仇討を決意した。

「そんなご事情がおありだったのですね……」

「猛犬のせいではない。わるいのはお犬をあやつったお犬使いだ。わかっていても、われらの家が犬小屋支配と聞けば、胸をかき乱されるのも無理はない。真之介の父とわしは共に堀内先生と同門での、切磋琢磨《せっさたくま》した仲じゃった。生き残ったわしが、よりによって中野の御囲から家族仲ようやってきたのだ」

だが真之介は、知世たち一家に怨みをぶつけるのはお門違いだと気づいた。今では知世の良き相談相手で、祖父や母、弟からも親しまれている。

「お祖父さま、不破さまはなぜ今ごろになって、仇の居所を教える気になったのですか。もっと早う知らせることもできたのに」

「仇討などすれば災難がふりかかる。真之介のためには、このまま忘れたほうがよいとおもっていたそうだ。だが堀内先生から、真之介が仇討にこだわっていまだ仕官ができずにいると聞かされた。いや、仇討せずにはいられぬ気持ちが、不破どの自身、身に染みてわかった、ということだろう」

それは、不破自身が今、赤穂浅野家のために仇討をしようとしているからか。

「わかりました。けれど、なぜ真之介さまにではなくお祖父さまに話したのでしょう」

「いつ、なにがあるか、わからぬからではないかの。人目を忍ぶ身ゆえ、真之介を訪ねて話す余裕はない。が、だれかの耳に入れておかねば、と……」

「つまり、明日にも事が起こるかもしれない、ということですね」

祖父はうなずいた。

ざわざわと得体の知れない悪寒《おかん》がわきあがってくる。それでも知世にはもうひとつ、たずねておかなければならないことがあった。

「お祖父さまはわたくしに、どうしろと仰せなのですか」

「わしにもわからぬ。が、おまえは中野へ行く。そやつが御囲にまだいるかどうか探っておくことは、もしかしたら……これはほんのおもいつきだが……真之介の仇討以外にも役に立つやもしれぬとおもうたのじゃ」

祖父はなにをいいたいのか。知世は首をかしげる。

「仇討以外にも……」

「うむ。御囲ならいくらでもお犬が手に入る。お犬使いなれば、いかようにもあやつれよう。お犬を使って悪事を働くやつらの中にも、お犬使いがおるやもしれぬ」

今度こそ、知世は目をみはった。

「お犬使いは盗賊お犬党の一味かもしれないと、お祖父さまはおっしゃるのですね」

「そうと決まったわけではないが……わしなら、それとなく調べてみる」

六

秋晴れの青梅《おうめ》街道を、御旗本の姫を乗せた駕籠が西方へむかっていた。

駕籠のうしろには百麻呂を入れたお犬駕籠がつづき、そのかたわらに知世と弟の善次郎、二丁の駕籠を担ぐ陸尺《ろくしゃく》の他、越智家の郎党が十数人、随行している。

「権太のやつ、元気かなぁ。太郎吉《たろきち》はちっこかったから、覚えてないだろうな」

善次郎の心はすでに御囲へとんでいるらしい。千駄木に住んでいたころ御犬索の組屋敷で飼っていた犬たちと再会できるのが、なによりうれしいのだ。

「この道を江戸へ上ったあの日から、もう二年も経つのですね」

知世は感慨をこめてあたりを見まわした。神田上水の澄明な水面も、その河岸でカラカラとまわる水車も、四方にひろがる稲穂の原も、ときおり雁の群れがよぎるだけの雲ひとつない空も……のどかな景色は変わらない。ただし、あのとき十三だった弟は十五に、知世は十九になっている。

「父さまと元服の相談をしてくるよう、母さまに頼まれました」

「おれのことより姉上の縁談が先だろ。とうに嫁き遅れなんだから」

「よけいなお世話ッ」

堀内先生には弟子が数多いる。縁談相手はよりどりみどり……先生やお静にけしかけられながらも、なにもないまま、ここまで来てしまった。

いや、なにもなかったわけではない。

知世は真之介に惹《ひ》かれていた。いっしょにいると心強いし、なんでも相談できる。けれど惹かれているとはっきり意識したのは、先日、牛石のかたわらで、真之介が知世のそばで暮らせる白耀丸を「幸せな犬だ」といったときだ。それはもしや……。

知世はため息をついた。真之介は仇を捜している身である。

赤穂浅野家の浪士たちの中にも仇討に命を懸けようとしている者がいるらしい。弥兵衛老人や不破数右衛門はその筆頭だろう。となれば、母や娘、姉妹や恋人たちは、知世と同じように不安に眠れず、胸をざわめかせているにちがいない。

男たちは、なぜ、仇討に血を滾《たぎ》らせるのか。

「姉上、淀橋です。ここからはほら、中野坂」

善次郎の声でわれにかえった。

坂の先は中野宿で、宿の入り口に高札《こうさつ》が立っている。高札場をすぎると右手に慈眼寺《じげんじ》へつづく参道が見えてくる。その先が鍋屋横丁の三叉路だ。

三叉路のかたわらに奈良茶漬を売る店があった。菜を炊きこんだ飯に麦湯をかけた簡素なものだが、人気があるとみえて混み合っている。大半の客は犬を運んできた者たちで、店の表にお犬駕籠が並べられて、ワンワンキャンキャンとかまびすしい。

一行も休息をとることにした。といっても姫は簾戸を開けただけで駕籠からは出ない。百麻呂のお犬駕籠を見つめる姫の寂しそうなまなざしに、知世は胸をつまらせる。

「御囲にはわたくしが飼っていたお犬たちもいるのですよ。ご心配には及びません」

「わらわが考えていたのは、わらわ自身のことじゃ。檻から駕籠、駕籠から御囲へ移されて死ぬまで飼い殺しとは……よう似ていると……」

「姫さま……」

「一度でよい、おもうことを、おもうたとおりに、してみたい」

姫はふいに目を上げ、知世の顔を見た。

「そなた、好いた男子《おのこ》はおらぬのか」

おもいもよらぬ問いかけに狼狽したものの、真摯な眸に嘘はつけない。

「おります……いえ、まだなにも……胸の中で想うているだけで……」

「夫婦《めおと》になりたいというたら、許される相手か」

「今は、無理でしょう。ご浪人ですから。でもいつか、そんな日が来ればよいと……」

口ごもる知世を見て、姫はやさしい目になった。

「十にひとつでも希みがあるなら待てばよい。待てるだけでも幸せじゃ」

一行は茶店をあとにして三叉路を右へ折れ、脇道をたどって御囲の御門へ到着した。次第に大きくなっていた犬の声が、今や怒濤のように押しよせてくる。

御囲は広大な土地に一から五までの——未完成の棟も入れれば——御犬小屋が築造されていた。その他にも管理・運営にあたる支配や目付、役人たちの武家屋敷や犬の世話をする者たちの長屋、御用達《ごようたし》の商人や職人の家々、春をひさぐ女たちがたむろする小屋などが並び、繁華な町が形成されている。

姫の一行は犬小屋支配の一人、大原《おおはら》家の屋敷で旅装を解いた。知世もあらかじめ知らせを送っていたので、出迎えた武士の中には父や兄の顔もあった。

一方、百麻呂は新参の犬ばかりを収容する一角へ運ばれた。各々の習性を見きわめてから御犬小屋へ振り分けるためだが、百麻呂はとびぬけた巨体と怪異な容貌のために他の犬たちとは引き離されて、一匹だけ、柵で仕切られた一区画へ入れられた。

「わらわは百麻呂のそばで別れを惜しみたい」

姫はしばらく百麻呂といっしょにいるという。

「御用があるときは、お犬係に伝言をとどけさせてください。森橋家も犬小屋支配ですから、すぐにわかるはずです」

知世は姫に教えた。善次郎はもう権太や太郎吉に会いに行ってしまった。兄は御用繁多とのことで、父と二人、森橋家へ帰る。


一見したところは二年前のままだった。床は磨きこまれて黒光りしているし、畳は青々として、床の間には塵ひとつない。水瓶は満杯で、かまどの灰もかきよせてあった。それでも男所帯はどこか殺伐として、家族団欒《だんらん》があったときのぬくもりは感じられない。

「父さま。ご不便でしたでしょう」

知世は座敷を見まわした。母がいつも生けていた床の間の花瓶に花はなく、掛け軸の絵も夏の山水画のまま、部屋の隅にはまだ蚊やりが置かれている。

「家のことなら心配はいらぬ。それより母者の具合はどうだ」

「はい。近ごろは俳諧なども嗜《たしな》まれ、外へも出かけられるようになりました。一日も早《はよ》うこちらへもどりたいというておられます」

「しかしこの喧噪では、またぶりかえすやもしれぬぞ」

間断なく犬の声が聞こえているので、二人とも声をはりあげて話していた。二六時中これでは、母でなくても頭が痛くなる。

父も親指と薬指で左右のこめかみを揉《も》んでいた。小柄ながらも鋼《はがね》のように頑丈で昔は剣術でも一目置かれていた祖父とは対照的に、父は学究肌の男である。思慮深いまなざしと色白面長の温和な顔立ちは、竹刀を握るより文机にむかっているほうが似合う。だれからも信頼される反面、慎重すぎるきらいもあった。

「でも、それではいつまでたっても帰れません」

「そうともかぎらぬ」と、父は口元をほころばせた。「千駄木へもどれるやもしれぬ」

「まことですかッ」

「まだ内々の話だが、おそらく来春には御沙汰があるはずだ」

御囲は、当初の目論見《もくろみ》とちがい、様々な問題があらわになっていた。餌代は莫大だし、犬の世話をする人手は常に不足している。しかも近年は原因不明の病で予想外の数の犬がばたばたと死んでいた。これだけの費《つい》えを投じて、果たしてこれは犬にとって最善といえるのか。お上は方針をあらため、養育費を払って近隣の人々に犬の世話をさせることにした。そこで、御犬索だった森橋家も、かつてのように千駄木で犬の飼育をすることが許される、というわけだ。

「そのときはお犬たちもつれてゆく」

「善次郎がよろこびます。もちろんわたくしも、お祖父さまも……」

いちばんよろこぶのは母だろう。家族そろって暮らせるのだから。

「それゆえ正式に御沙汰が下るまでは……」と、父はつづけた。「堀内先生のところで厄介になっておったほうがよい。おまえから母者にも話しておいてくれ」

そういうことなら、母も納得するにちがいない。

「で、おまえはどうだ」

父が知りたいのは縁談のことか。知世は喉元まで出かかった名前を呑みこむ。

「意中の者はおらぬか」

「わたくしには母さまの看病があります。それより善次郎のことを……」

父は善次郎の元服の儀を千駄木でとりおこなうつもりでいた。兄にも許嫁《いいなずけ》がいるので、これも千駄木へもどってからの祝言となる。そのためにも知世と母が小石川にいるのは好都合だった。祝いの仕度をはじめるなら江戸にいたほうが便利だ。

「ところで、こちらでも不穏な噂が聞こえている」

父は赤穂浅野家の浪士たちの様子をたずねた。とりわけ昔なじみの弥兵衛老人や、高田馬場の仇討で名高い娘婿の安兵衛の安否が気になっているようだ。

「堀内先生はときおりお二人に会うておられるそうです。赤穂のご浪士がたは皆、それぞれ偽名を使い、商人や医師、剣術指南などなさっておられるとか……」

「偽名……ということは……いや、詮索はやめておこう」

「御囲でも噂があるのですね」

「口には出さぬが、お犬のことでは、お上のやり方に眉をひそめる者がいる。ご浪士ががお上に一矢《いっし》報いれば、溜飲を下げる者は多い、ということだ」

話が一段落したところで、知世は捨麻呂がいないかたずねてみた。

「お犬の世話はきつい仕事ゆえ、しょっちゅう人が入れ替わる。最近も見慣れぬ顔がいくつか……捨麻呂か。世話役に訊いてやろう」

「父上。今ひとつ、おたずねしたきことがあります」

知世は、御囲にお犬使いがいないか訊いてみた。頻繁に人が入れ替わるのなら、不破数右衛門が何年か前にここで会ったという男が今もいる可能性は少ない。それでも訊かずにはいられなかった。すると――。

「それなら犬爺《いぬじい》のことだろう。白髪まじりの総髪に髭もじゃの偏屈な老人での、今は石《しゃく》神井村《じい》に住んでおる」

父が即座に答えたので、知世は驚いた。

「では、わたくしたちも以前、ここで顔を合わせていたのですね」

「いや。わしらが御囲へ来たころにはもう石神井村におったはずだ。もっとも今でもお犬が暴れて困るときなど手助けを請うことがある。顔くらいは見ておるやもしれぬ」

犬爺は、畑作と養蚕の他、農家から集めた野菜を江戸へ売りに行き、肥樽《こえだる》を積んで帰っては農家へくばるなど、近隣の百姓衆のためにも働いていた。しかも、御囲から引き取ったものの農家では手に負えなくなった猛犬を預かり、飼育してやっているという。

「そのような奇特なお人がいるのですね」

お犬使いがどうしたのかと訊きかえされて、知世は答えに窮した。真之介が捜している仇かもしれないなどといえば、何事にも慎重な父のこと、厄介事に首を突っこむなと文句をいわれそうだ。かといって、明日には帰る身、なんとか素性を知りたい。

「お静さまが捜しておられるのです。昔の恩人だそうで。素性がわかれば、その犬爺が、捜しているお犬使いかどうかわかるやもしれません」

父はうなずいた。これについても調べてくれるという。

知世は安堵した。と同時に、不安になった。犬爺が真之介の仇だったら、どうすればよいのか。知らせるかどうか悩むことになりそうだ。それ以上に、父にお静の話と嘘をついてしまったことがうしろめたい。

「善次郎の様子を見て参ります」

知世はそそくさと席を立った。

それから夕餉までの時間、善次郎といっしょになじみの犬たちの安否をたずねてまわった。千駄木からつれてきた犬の二匹と、昨年生まれた白耀丸の子の一匹はすでに死去していた。

「まあ、こんなにたくさん……」

墓地に立てられた無数の墓標を見て、知世は息を呑む。

その夜、久々に父や兄と夕餉をすませたあと、大原家にいる姫のもとを訪ねた知世は、はじめて姫の笑い声を耳にした。頬を上気させて百麻呂の話をする姫は、その饒舌ぶりからしても別人のようである。ここには仲間がいる。百麻呂も自分の居場所を見つけるにちがいない。姫の憂いも晴れたのだろうと、知世は胸をなでおろした。

ところがその夜、姫の姿が消えた。

七

知世は翌朝、父から姫の失踪を知らされた。夜のうちに、というのは夜具にふれた形跡がなかったからで、失踪だとおもわれるのは、履物や身のまわりの小間物を入れた包みが失せていたためだ。しかも姫は、旅装束に着替えていた。

「百麻呂さまはどうしていますか」

「お変わりはないそうだ」

「姫さまは祝言をひかえておられます」

「わかっておる。探索の者たちには他言無用とようてある。だが出立の刻限までに見つからなければ、そうもいってはいられまい」

失踪の噂がひろまってあれこれ詮索されれば、江戸の許嫁の耳にまで聞こえてしまう恐れがあった。まだ気づいたばかりでもあり、なにか事情があるかもしれないので、まずは犬小屋支配直属の心利いた者たちに御囲内を探索させているという。

「父さま。捨麻呂どのについてはどうですか。なにかわかりましたか」

「さっき知らせがあった。が、姫のことで手いっぱいだったゆえ……捨麻呂、そうか、百麻呂の飼育係であったというたの……」

「御囲にいたのですねッ」

「うむ。働きはじめてまだ数日しかたっておらなんだが、お犬の扱いは手慣れたもの、新参、それも猛犬の世話がしたいと自ら申し出たそうだ」

運ばれてきたばかりの野犬は気が立っている。だれも近づきたがらない。捨麻呂の申し出はお犬係の皆から歓迎された。

捨麻呂がなぜ新参の犬の世話を買って出たのかは考えるまでもない。百麻呂が送られてきたとき、真っ先に出迎え、自ら世話をしようというのだろう。

「捨麻呂どのはいずこに……」

「今朝はまだだれも姿を見ておらぬ」

世話係の長屋は雑魚寝《ざこね》なのでいなくなればすぐにわかる。捨麻呂は昨夜、新参の犬のことで訊いておきたいことがあるから犬爺のところへ行ってくると話していたそうだ。朝になってももどらないのはおかしいが、といって、来たとおもったら去ってゆく新参者もめずらしくない御囲のこと、気に留める者はいなかった。

「犬爺ッ。捨麻呂どのは犬爺と知り合いなのですか」

「捨麻呂を御囲へつれてきたのは犬爺だ」

もしや、駆け落ち――。

知世は蒼白になった。いや、あの姫なら心中だってしかねない。わが身を犬に重ね合わせ、行き場のない悲しさを訴えてみせた姫ならば……。

姫と捨麻呂は、いつから駆け落ちを画策していたのか。百麻呂を御囲へ送りとどけるといいだしたときから、姫は謀をめぐらせていたにちがいない。そう、二人は手に手を取って御囲から逃げだしたのだろう。

このままそっとしておいてやりたいとおもう気持ちもあった。が、そうはいかないことも承知していた。駆け落ちが公になり、追っ手をかけられればどうなるか。捕らえられ、引き離され、あげく誹謗中傷にさらされる。万にひとつ逃げおおせたとしても、この先ずっと追っ手に怯えて生きていかなければならない。

それよりもっと恐ろしい結末は心中だった。この世に行き場のない二人なら、それはいちばん幸福な終《つい》の棲家《すみか》におもえるのではないか。

ではどこで――。姫の足で夜通し歩きつづけることは不可能だ。

「犬爺の家へ行ってみます」

犬爺の素性はまだ不明だった。が、せめて顔だけでも見ておきたい。捨麻呂との関係がわかれば素性を探る手掛かりになるかもしれないし、いずれにしろ、捨麻呂の行方について知っている者がいるとしたら、それは犬爺しか考えられない。

「道案内をつけてやる。だが無茶はならぬぞ」

父は捨麻呂と同じお犬係で、犬爺の家へも何度か使いに行ったことがあるという伍助《ごすけ》を供につけてくれた。一刻も無駄にはできない。知世は即刻、出立した。

伍助は、御囲ができる以前、中野村で田畑を耕していたという。そこそこに豊かな暮らしをしていたものの、突然、立ち退きを申し渡された。近隣の者たちは皆、泣く泣く各地へ散って行ったが、代替地といっても微々たるもので、しかも開墾までしなければならない。中には路頭に迷って落ちぶれてゆく者や、お上を怨んで悪の道へ突き進む者もいたという。伍助は生まれ育った土地から離れがたく、そのまま御囲の築造にたずさわって、今日まで犬の世話係をつづけていた。

「腹を立てたとこでどうにもなんねえ。わしゃ面倒はごめんだ」

伍助のような男は少数だろう。伍助の身の上話を聞いて、知世は目を開かされるおもいだった。御犬索という役職がなくなり、住み慣れた千駄木から中野へ引っ越した。知世の家族は皆、重い心を抱えていたけれど、中野村の住民は住民で、住み慣れた土地を奪われ、悲嘆にくれてお上を怨む者たちが大勢いたのだ。そのことに今まで気づかなかった。

犬爺の家は、追分《おいわけ》から石神井道、さらに脇道へ折れたところにあった。ぐるりとまわってきたので遠く感じるが、御囲が広大なので、実際は裏手の庭と御囲は隣接しているという。もっとも犬小屋支配の家々のある一角から敷地内をとおってゆくことはできない。なぜなら墓地をこえなければならないし、その先は未完成の御犬小屋で、浮浪者が入りこまぬよう堅固な塀にかこまれているからだ。

犬爺の家も広大だった。畑や空き地の合間に養蚕小屋や犬の檻が点在している。

母屋の大きさはこの界隈の農家と変わらないが、中を覗くと、犬小屋支配の屋敷よりはるかに雅趣に富んでいた。梁や柱はひと目で銘木とわかる。玄関の屏風には名のある絵師の手によるとおもわれる花鳥風月が描かれていた。伍助の話では茶室もしつらえてあるとやら。さりげなく置かれている花瓶や壺もとてつもなく高価なものらしい。

犬爺は畑仕事をしていた。賄《まかな》い女に教えられて畑へ行き、いちばんお大尽《だいじん》らしくない、痩せて貧弱な老人に声をかけたら、それが犬爺だった。髭のせいで表情はよくわからないが、機嫌がよくないことはひと目でわかる。

「捨麻呂だと？　あの大馬鹿者ならそこの小屋にころがっとるわい」

捨麻呂がここにいる……知世は耳を疑った。では、姫と駆け落ちしたとおもったのはまちがいか。いや、ころがっているとはよもや心中……。

「小屋で、こ、ころがっているのは、お一人でしょうか」

「見てきたらよかろう。わしは忙しいんじゃ。じゃませんでくれ」

風貌ほどには老いを感じさせない指でさし示された小屋へ、知世は小走りで駆けてゆく。もしや姫になにか、とおもうと、居ても立ってもいられない。

「姫さまッ。あッ」

飼葉《かいば》が積まれたかたわらに、猿轡《さるぐつわ》をはめられ、手足を縛りあげられた若い男がころがっていた。捨麻呂か。姫の姿はない。

知世は捨麻呂の縛《いまし》めを解《と》いてやった。

「姫さまはどこにおられるのですか。知っているのでしょう、姫さまの居所を」

捨麻呂は手足をさすりながら荒い息をつく。姫から知世の話を聞いていたのか、驚きもせず、実直そうなまなざしをむけてきた。

「姫さまなら、御囲へお帰りになられました」

えッと、知世は目をみはる。

「やはりここにいらしたのですね。でも、なぜ……」

「心中するために」

知世は今一度、目をみはった。今度こそ、心《しん》の臓《ぞう》が跳びだしそうだ。

捨麻呂によると、姫の縁談が決まったときから、二人は共に死のうと約束していたという。どうあっても結ばれる身分ではない。ただし百麻呂を残して逝《ゆ》くことだけが気がかりだった。捨麻呂が越智家を出奔したのは、御囲の様子を見ておくことや犬爺のことなどいくつか目的はあったが、なにより越智家の人々の目をくらませるためだという。同時に出奔するのはどう考えても不可能だし、姫がいなくなれば真っ先に捨麻呂が疑われる。

「なれどお二人は……」

そこまで策をめぐらせたのに、心中はしなかった。それはなぜか。

「昨日、姫さまは御囲で百麻呂とすごされました。ここには十万もの犬がいる。皆、捕られ、籠に入れられ、否応なく運ばれてきたのです。小屋に押しこめられ、どこへ行く当てもない。けれど、生きている。犬は自分から死んだりはしない」

姫の胸の内でどういう変化があったのか。身勝手で気まぐれな姫ではあったが、知世はその姫の真実の姿を垣間見たおもいだった。

「姫さまは、賢いお方です」

「おれもそうおもいます。ご自身のお立場をわきまえておられる……」

二人は御囲から逃げだして、ここで、ひと夜の別れを惜しんだ。見つかったらただではすまないと知りながら、生涯一度だけ、おもうままに生きた。

「でも姫さまはいずこに……お姿が見えないと皆、お捜ししておりますよ」

「心配はご無用です。百麻呂と一夜を過ごすために出かけたが迷子になったと話は出来ています。だれもが姫さまの話を信じるはずです」

捨麻呂は犬爺から、御囲と犬爺の家のあいだの塀にある秘密の出入り口を教えられていた。昨夜、そこから姫と脱出した。が、白々明けにいっしょに帰っては人に見られる心配がある。姫を先に帰し、捨麻呂はしばらくしてから帰るつもりでいたという。

「ところが親父に見つかった。いや、はじめから知ってたのかもしれません。姫さまが出てゆくや駆けこんできて、恐ろしい形相で殴りかかったのです。おかげでこの有様」

「待って。今、なんと？　親父というのは、もしや、犬爺どののことですか」

「はい。老けて見えるのは壮絶な目にあったからだといっていましたが、どうせでたらめでしょう。わざとそう見せている。人に知られたくない秘密があるようです」

「秘密……」

「昔、親父は大変な騒ぎに巻きこまれて、なにもかも失ったんだそうです。食うや食わずでやむなくおれを捨てた。今は後悔してる、とかなんとか、ま、なんとでもいえます」

捨麻呂が父親の居所を知ったのはつい最近だという。はじめは今さらなんだととりあわなかった。が、話を聞いているうちに心が動いた。それでも姫との別れが目前に迫っていなかったら、百麻呂が御囲へやられるという話を聞かなかったら、会いに来ることはなかっただろうと捨麻呂は述懐した。

「これからどうするおつもりですか」

「姫さまと約束しました。なにがあっても、百麻呂さまのお世話をすると」

「わたくしは御囲へもどります。姫さまのご無事なお顔を見なければ心配で……」

小屋を出ようとして、知世はふりむいた。

「そうだわ。もうひとつ、訊きたいことがあります」

犬爺の姓名を教えてほしいというと、捨麻呂は躊躇なく答えた。

「奥津要三郎《おくつようざぶろう》です。あれでも親父は、武士の端くれだったそうですよ」


いよいよ出立である。姫は百麻呂を抱きしめた。知世にはそれは、百麻呂のぬくもりを感じることでその場にはいない愛しい人に永久の別れを告げているようにも見えた。こぼれた涙を百麻呂が無心に舐める。

姫はその朝、未完成の御犬小屋の片隅にうずくまっているところを発見された。闇夜で道に迷ったという姫の言い訳に疑いをさしはさむ者はいなかった。

「父さま……」

「案ずるな。伍助は口が堅い」

「ありがとうございます」

来春からは千駄木で家族いっしょに暮らせる。うれしい知らせを土産に、知世は父と兄に別れを告げた。

一行は、昨日とは反対に青梅街道を東へ進む。道中の姫は終始にこやかで、憑《つ》き物が落ちたように穏やかな顔をしていた。

四谷の大木戸をくぐり、外濠へ出たところで、行列はいったん止まった。ここから姫は南東へ、知世と善次郎は北東へ、道が二手に分かれる。

「姫さまなら、奥方さまになられても、立派にお家を守《も》り立ててゆかれましょう」

心中のかわりに捨麻呂と秘密の一夜を過ごすことで、姫は未練を断ち切った。事の善し悪しはともあれ、それで姫が新たな一歩をふみだせるとしたらなにもいうことはない。

「お犬姫こそ、想う人と夫婦になるのじゃ。よいの、約束ぞ」

簾戸が閉まった。姫の駕籠を中にした一行が遠ざかってゆく。見えなくなるまで見送って、知世と善次郎は反対方向へ歩きはじめた。

「姉上。想う人ってだれのこと？　ねえ、姉上ってば」

「知りません。黙って歩きなさい」

「あ、わかった。河合真之介さまだ。姉上は河合さまと夫婦になるの」

「ちがいますッ。河合さまは、いろいろと、お手伝いくださっているだけです。もとはといえばそなたを助けてくださって……もう、いいから早う帰りましょう」

「だけど姉上、ほら、あそこに……」

弟の指の先を追いかけると、左内坂《さないざか》のあたりからこちらへやってくる人影が見えた。真之介である。ということは、出迎えに来てくれたのか。

知世は頰を染めた。が、速足で近づいてきた真之介の顔には険しい表情が浮かんでいた。母の容態が急変したのか。それとも祖父になにかあったのか。

知世も駆けより、息をはずませる。

「河合さま。どうなさったのですか」

「白耀丸がつれ去られた。檻の戸の錠がはずされていた」

知世は棒立ちになった。

第五話　お犬の討ち入り

一

空っぽの檻に落葉が吹きこんで、カサコソと乾いた音を立てている。

白耀丸の行方は冬が訪れた今もわからない。犬がいないのだから檻などとりこわしてはどうかという声も聞こえていたが、知世は頑として首を縦にふらなかった。堀内先生とお静がなにもいわないのをよいことに、空っぽのままにしている。

「おや、またそんなところに……風邪をひきますよ」

母の声にふりむいた知世は、ぎこちない笑みを浮かべた。

「どこでどうしているのかとおもうと……」

「心配は当然ですが、御囲でも気をつけていてくださるそうですし」

「逃げたのなら御囲へ送られることもあります。でも、盗まれたのなら……」

御囲へ送るためにわざわざ盗みだすとはおもえない。ということは、白耀丸にはなにか使途があるのだ。白耀丸でなければならない使い道が……。

「盗みとうなるほど気に入ったのなら、きっと大切にされているはずです」

母は知らない。麻布御箪笥町のお香一味の隠れ処だった家の裏庭に、四匹の犬の死骸が埋められていた。まさかとはおもうが、もしお香が白耀丸を盗んだとすれば、利用するだけ利用して、不要になれば殺してしまうということだって……。

「お祖父さまはどこへいらしたのですか」

不安を打ち消そうと、知世は話題を変えた。

「さあ、先生が呼びにいらして。なにがあるのか、近ごろは腰が落ち着かぬようです」

その理由も、母には内緒にしている。もっともこれは、先生の妹のお静でさえ知らされていないようだから、知世の口から打ち明けるわけにはいかない。

赤穂浅野家の浪士たちは、主君の仇討を画策していた。いつ、どこで、どんなふうに……くわしいことはわからないものの、その日が迫っていることは知世も感じている。先生や祖父の張りつめた表情、ひそひそ話やあわただしい外出、周囲の噂に耳目《じもく》をそばだてる様子を見ればそうおもわざるをえない。

祖父はどこまで首を突っこんでいるのか。首を突っこむといえば、真之介も浪士たちの動向を気にかけているようだ。真之介にとっても、仇討は他人事ではなかった。

中野から帰ってきたあの日は白耀丸の騒ぎがあったため、犬爺の話をしそびれてしまった。もとより真之介は、仇らしき男が御囲にいることを知らない。となると、どこまで話してよいものか。犬爺が真之介の仇かどうかもまだ不明だ。ただ、犬爺と呼ばれているお犬使いが石神井村に住んでいること、大きな事件に巻きこまれてなにもかも失った過去があること、それを知られたくないために髭まで生やして年齢を偽っていることだけはたしかだ。奥津要三郎という姓名も、知世は聞きだしている。

真之介に教えれば、その場で仇かどうかわかるはずだ。もし、仇だったら？　真之介は石神井村へとんで行くにちがいない。そのあと起こるであろうことを考えるのが、知世は恐ろしかった。犬爺が捨麻呂の父だと知った今はなおのこと――。

打ち明ける決心がつかないまま、月日ばかりが過ぎてゆく。

「そうそう、明日はあきどののけんどん屋へ使いに行ってもらえませんか」

「はい。母さまの俳諧をおとどけするのですか」

「いいえ。晴れ着を見立ててほしいのです。早めに仕度をしておかないと」

来春は兄の祝言と弟の元服が予定されていた。あきの亭主はけんどん屋をはじめる前、古着を商っていたそうで、その伝手で祝い事が重なる森橋家のために古着を集めてくれることになっているという。当節、下級武士は祝いといえども新品には手が出ない。

「わたくしが見立ててもよいのですか」

「むろんです。荷物になるようなら、あとでとどけていただきなさい」

「でしたら、河合さまにいっしょに行っていただいてはいけませんか。そうすれば、あきどののお手を煩わせずにすみます」

「さようですね。河合さまさえよろしければ」

母はあっさり同意した。母は真之介のことをどうおもっているのか。知世はふっと不安になった。今は用心棒のように考えているのかもしれないが、真之介は浪人者だ。それも仇を捜している身。娘のおもいを知ったら、さぞや胸を痛めるにちがいない。

翌日、知世は麻布谷町にあるけんどん屋へ行き、兄と弟の晴れ着を見立てた。古着の商いをしていただけあって、あきの亭主は知世が目移りするような上物ばかりそろえてくれていた。さんざん迷って選んだあとは、夫婦に勧められて店へ席を移した。

「さあ、熱いうちにどうぞ」

小上がりでむきあっている知世と真之介の前に、あきがけんどんの入ったおひらを置いた。湯気と共に削りたての鰹節の匂いがたちのぼって食欲をそそる。

「さ、遠慮なさらず」

「はい……」

遠慮しているわけではないが、真之介の目の前で箸をとるのが恥ずかしい。知世の逡巡に気づいたのか、真之介は両手でおひらをかかげて土間へおりて行こうとした。

「いいえ。河合さま、どうぞこちらで」

あわてて引き止めようと土間へ目をやった知世は、あッと声をもらした。床几に男が二人、額を寄せ合うような恰好で話をしている。片方の男に見覚えがあった。

「あれは……不破さま」

「おう、数右衛門か。いや、今は松井仁太夫だ」

真之介の仇を御囲で見たと知世の祖父に話したのは不破数右衛門だった。ここで真之介と顔を合わせれば、不破はその話をするにちがいない。犬爺が仇かどうか、わかってしまう。知世は動悸がして手に汗がにじんできた。

真之介は、不破に声をかけなかった。小上がりへもどって、あえて衝立の陰に座る。

「よろしいのですか、挨拶をなさらなくても」

「おれがあいつなら、ここでは声をかけられとうない」

不破は偽名を使っていた。それは世間から身を隠しているということだ。今の切迫した様子を見て真之介が声をかけられないといった気持ちは、知世にもよくわかった。

知世と真之介はけんどんを食べた。食べ終えて土間を見ると、すでに不破の姿はなく、もう一人の三十前後と見える商人風の男だけが麦湯を飲みながら女将のあきと四方山話《よもやまばなし》をしていた。不破といたときの険しい表情が一変して、親しげな顔である。

商人が席を立つのを待って、あきが知世たちのところへやってきた。

「たった今、帰ったお人だが、どこぞで会うたような……」

真之介は水をむける。あきはうれしそうにうなずいた。

「脇屋《わきや》さんの新兵衛《しんべえ》さんです。八丁堀《はっちょうぼり》の呉服屋の番頭さんですが、俳諧だの茶の湯だの、なかなかの風流人ですよ。はじめは其角先生がおつれくださったのですが、それからはちょくちょくおみえくださって……」

脇屋新兵衛も偽名だろう。赤穂浅野家の浪士にちがいない。

「そうか。おもいだした。うむ、新兵衛だった」

真之介は調子を合わせた。

「号は子葉《しよう》さんとおっしゃって、俳諧では須藤さまのお仲間です。そうそう。そういえば須藤さまが仰せでしたよ、姫さまのことではお犬姫さまにたいそう世話になったと」

須藤八郎太が仕える越智家の姫は御旗本の家へ嫁ぎ、平穏に暮らしているという。

「たいしたことはしておりません。それより須藤さまからお話をうかがったおかげで、お犬の幽霊が盗賊とかかわっていたことがわかりました」

「お香のことでは世話になった。残念ながら取り逃がしてしもうたが」

真之介がいうのを聞いて「あれ、忘れてた」と、あきは手を叩いた。「ウチの人がお香さんを見かけたそうですよ。須藤さまとごいっしょにいたときに」

知世と真之介ははっと息を吞む。

「どこで見かけたのですか」

「今度は小網町《こあみちょう》ですって。其角先生が茅場町《かやばちょう》で江戸座を開いていらっしゃるのです。帰り道でばったり会ったそうで、お香さんはお稲荷さまから出てきたところだったとか」

あきの話はそれで終わりではなかった。

「須藤さまはひどく驚かれたそうです」

「お香さんをご存じだったのですか」

「いいえ、はじめはだれかわからなくて、どこで会ったか考えていらしたそうですよ。派手じゃないけど、ほら、お香さんは、どういうんでしょう、一度会ったら忘れられないお人でしょ。でね、あれはお屋敷の門前で小者と立ち話をしてた女だと……」

知世はおもわず膝を乗りだしている。

「もう一度、いってください」

「ですからね、須藤さまがお屋敷の門前で見かけた女人がお香さんだったと……」

おもいがけないめぐり合わせだった。けんどん屋と俳諧がお香と須藤、さらには捨麻呂までを結びつけたのである。

「河合さま……」

「うむ。稲荷へ詣でておったのなら、小網町の界隈に潜んでおるやもしれぬ」

知世と真之介は顔を見合わせた。二人とも昂《たかぶ》りを隠せない。


帰り道でも知世の胸はざわめいていた。真之介は古着を入れた風呂敷包みを背負っている。古着といえども立派な晴れ着、しかも知世の兄と弟が晴れ着を着るのは千駄木の家だ。うれしいことずくめのはずなのに、今はよろこんでいる余裕がなかった。

「白耀丸が心配です。酷《むご》い目にあわされたお犬たちのことをおもうと……」

「白耀丸は、百麻呂の身代わりをさせられているのやもしれぬ」

須藤は捨麻呂と女が門前で立ち話をしているところを見ている。その女はお香だとわかった。犬の幽霊はとてつもなく大きな白い犬だから、その正体が百麻呂だったとしたら、百麻呂が御囲へ送られてしまったために白耀丸が盗みだされたとも考えられる。白耀丸は百麻呂ほど大きくはないし怪異なご面相でもないが、白い犬でなければ闇夜の幽霊役はつとまらない。

知世も真之介と同じ考えだった。もしかしたら、捨麻呂は自分と百麻呂が盗賊の片棒を担いでいたことに気づいていないのかもしれない。いたずらだとおもっていたのではないか。いずれにしろ、百麻呂に犬の幽霊の真似をさせたのは――させられたのは――父親が犬爺だと教えてくれたお香にそそのかされたからだろう。

ではお香は、なぜ、犬爺と捨麻呂が父子だと知っていたのか。犬爺が盗賊お犬党の一味だからか。

「なにを考えているのだ」

真之介に訊かれて、知世は御囲のある西の空に目をやった。

「お香は……盗賊お犬党は、どうしてお犬にばかりこだわるのかと考えていたのです」

犬など使わなくても盗みはできる。わざわざ手間のかかることをするのは、どう考えても不自然ではないか。

知世の疑問は、真之介の疑問でもあった。

「おそらく犬に怨みがあるのだろう。その怨みを世に知らしめたいのではないか」

いや、犬を人の命より大切にするお上《かみ》を怨んでいるのではないかと真之介はいいかえた。真之介の父の非業《ひごう》の死も、突きつめればそこに原因がある。

「姫さまのお供で御囲へ行ったとき、はじめて知りました。御囲の築造で土地を奪われた百姓たちの中には困窮してお上を怨み、悪事に走った者たちがいるそうです」

「犬のために父祖伝来の土地から追われたとなれば……怨む気持ちはようわかる」

「わたくしたち、これからどうすればよいのでしょう」

「まずはお香の居所を突き止めることだ。悪事を暴《あば》き、白耀丸を助けだす」

もうあともどりはできない。せめてこれが真之介の仇討へつづく道でないようにと、知世は願うしかなかった。

寒風の中、二人は身をちぢめて家路を急ぐ。

二

雪が舞ってきそうな空である。

師走に入って、江戸ではとりわけ寒い日がつづいていた。

雪になる前に落葉を掃きよせておこうと竹箒《たけぼうき》を手に庭へ出た知世は、曇天を見上げ、この寒空の下を懐手をして速足で歩く真之介の姿をおもいえがいた。

あきの亭主と須藤がお香を見たのは、小網町の稲荷社の門前だったという。あらためて訊き合わせてみると、ちょっとそこまでといった粗末な布子姿だったとわかった。となれば近所に住んでいるのはまちがいない。真之介は毎日のように神田から浜町、日本橋にかけての一帯を探索している。

「お犬姫さま。ちょっと……」

お静が母屋の勝手口から出てきて招き猫よろしく手招きをした。知世は掃除を中断して歩みよる。お静はちらりと母屋に目をやった。

「どなたがいらしているか、当ててごらんなさい」

わかるはずがない。首をかしげると、お静は人差し指を口の前に立てた。

「堀部のご隠居さまですよ」

「まあ、ご隠居さまがッ。どうなさったのですか」

堀内先生や祖父の善右衛門とはひそかに連絡をとりあっているようだが、赤穂浅野家がお取り潰しになって以来、弥兵衛老人がここへ来たことは一度もなかった。

「聞かれとうない話のようです。人払いをして奥の間にこもっておられますから」

道場のある表ではなく、裏木戸をとおって母屋を訪れた。それだけでも話がただならぬものであるとわかる。

お静が知世に知らせたのは逼迫《ひっぱく》した気配を感じとったからだろう。会いたかったら今のうちに会っておくほうがよい……お静はそういいたいのではないか。

「ここにいればお会いできるのですね」

「わたしが申したわけではありませんよ。お犬姫さまは庭の掃除をなさっているだけ」

「はい。わたくしは落葉を掃いているだけです」

お静はうなずいて家の中へもどっていった。

知世は弥兵衛老人が出てくるのを待って、のろのろと掃除をつづけた。祖父や真之介の臆測どおり赤穂の浪士たちが事を起こそうとしているなら、弥兵衛老人は先生にその決行を知らせに来たのかもしれない。助太刀を頼んだか、今生《こんじょう》の別れを告げに来たのか。知世も緊張の面持《おもも》ちになっている。

ところが母屋から出てきた弥兵衛老人は、以前と変わらず、ひょうひょうとした顔だった。知世を見ても狼狽する様子はなく、「おう」と笑顔をむけてくる。

「ご無沙汰しております。お目にかかるのは昨年の初夏以来にございますね」

「そうか。そうじゃったか。すまぬ。頼むだけ頼んで礼もいうておらなんだ」

「いえ、大変な目にあわれたのですもの、お礼などおっしゃらないでください」

「いやいや。お犬姫のおかげで、当家のお犬たちは野良《のら》にならずにすんだ。お犬だけではないぞ。安達平右衛門と倅《せがれ》どもも腹を切らんでようなった。重ねて礼をいう」

「いいえ、力足らずで……」

知世は空《から》の檻に目をやった。せっかく譲りうけた白耀丸を盗まれてしまったことを、話すべきか否か。

弥兵衛老人は檻に関心を示さなかった。むろん今はそれどころではないのだろう。表面は平静をよそおっていても、心は仇討の一念に燃えているにちがいない。

「安達平右衛門さまは赤穂へいらしたとうかがいました」

「あいにく病を得て寝ついてしもうたそうでの、まだむこうにおるそうじゃ。だが倅の与平左は江戸で商いに精を出しておる。なにやかやと、入用な物をの、とどけてくれる」

老人はそこでパンと手を叩いた。与平左が御用聞きに立ちよる先で、赤穂浅野家の下屋敷で飼っていた犬とよく似た犬の噂を聞いたという。

「どこかのお武家らしい。今どきお犬を飼うとは物好きな……しかも真っ白なお犬などめったにお目にかかれぬ。与平左は白耀丸をおもいだしたというとった」

知世はごくりと唾を呑みこんだ。

「どこで、飼っているのですか。その、お武家さまに、お心当たりは……」

「噂ゆえそこまではわからぬそうじゃ。しかし与平左の店は本所だ、お犬のいる屋敷も本所のどこかだろう」

「本所……」

「そうそう。なんでもご当主が長患いをしておるそうで……つまり、そんなところに犬やら人やらがにわかにわき出るのは妙だと噂になっておるらしい」

老人の話はそれだけだった。それでも暗中模索の今、怪しい武家屋敷があるとわかっただけでもありがたい。それにしても本所とは……小網町界隈を捜しても見つからないはずである。

「ほう、もう咲いたか」

弥兵衛老人は立ち去ろうとして足を止め、椿の梢《こずえ》を見上げた。つややかな葉のあいだに紅い花がひとつふたつ咲きはじめている。

知世も老人の視線を追いかけた。

「最初にお会いしたとき、ご隠居さまはわたくしが拾った実をご覧になって、椿の実だと教えてくださいました」

「そうじゃったか。なればそのとき話したやもしれぬが……」といいながら視線をもどし、老人は知世の目を見つめた。「花も、武士も、散り方が肝要」

さて、こうしてはおれぬと、弥兵衛老人は木戸を押し開けた。

「あ、ご隠居さま……」

ご武運を、といおうとしたが言葉が出てこない。かといって「お達者で」という決まりきった挨拶をする気にもなれなかった。

知世は心をこめて辞儀をした。顔を上げたときにはもう、木戸は閉まっている。

今生の別れ――そう、弥兵衛老人は別れの挨拶にきたのではないか。おそらく、これが最後の……。ふいに目頭が熱くなって、知世は目をしばたたいた。


牛坂の上り口。牛石のかたわら。

真之介の双眸が、数多の手でなでられた牛石の背中のように黒光りしている。

「居所がわかったのですね」

知世はおもわず大声を出していた。

「わかった。早合点していたようだ。お犬姫が本所だと知らせてくれなんだら、とんだ無駄骨になっていたところだ」

本所には、時の権力者である御側用人、柳沢吉保《やなぎさわよしやす》の儒学の臣で、博学多才を生かして私塾も開いている細井広澤の屋敷があった。細井は堀内先生の盟友でもある。真之介も面識があるので、先生の口添えにより細井の力を借りることができた。おかげで、一人で歩きまわるのとは比べ物にならない速さでお香の居所が明らかになった。

細井邸は、東から西へ、大川へ流れこむ小名木川《おなぎがわ》の南岸にある。お香が数人の仲間や数匹の犬と共に暮らしているのは、この川に架かる三ツ目橋をわたった北岸を北東へ行き、さらに横川をこえた寺町の並びにある御家人の柴本《しばもと》家だという。

柴本家では当主夫婦の死去にともない、病弱な一人息子の鉄次郎《てつじろう》が家督を継いだ。無役の小普請《こぶしん》ながら、当初は妻を迎えてなんとか体裁を保っていた。が、ひと月ほど前に妻が病死すると、どういう手づるか妻の従姉《いとこ》と称する女が入りこんできた。古参の家臣郎党は退けられ、この女にいっさいを牛耳られてしまったという。鉄次郎自身は妻に先立たれた痛手で寝込んでいる。むろん従姉の専横がいつまでもつづくとはおもえないが、従姉がもしやお香なら、柴本家を拠点に悪事を働き、さっさと逃げ失せるにちがいない。

「細井さまのおかげで、他にも面白いことがわかった」

「面白いこと……」

「これまで、お犬騒動を起こされたあげく盗難にあった家は、いずこも中野の御囲となにかしらのかかわりがあるそうだ」

村人に立ち退きを命じる役目を担った武士の家とか、御犬小屋の築造にたずさわった武士の家とか、現在もなにかのかたちでかかわっている家とか……。

「やはり、おもったとおりでしたね。盗賊お犬党は御囲のために村を追いだされた者たちの集まりなのでしょう」

「まちがいなかろう。行き当たりばったりなのも、素人じみているのも、そもそもが銭《ぜに》を奪うことだけが目的ではないからだ。わざと突拍子もないことをやってのけて世間の目を引き、お上を嘲笑《あざわら》おうというのだろう」

それなら捕らえるのも容易そうにおもえるが、そうではないと真之介は眉をひそめた。お犬党は自棄になっている。失う物はないと腹をくっているから、無謀で残虐なことでも平然としてのける。周到でないぶん、いつなにをするか予想もしにくい。

「どうしたらよいのでしょう」

「悪事を働いているところを捕らえるしかなかろう。幸い、ひとつだけは、予想できることがある」

「近隣で御囲とかかわりのある家を捜して、待ち伏せをするのですね」

「さよう。今、調べてもらっておるゆえ、じきにわかるはずだ」

今度こそ逃さぬよう、後れをとらぬよう、慎重に事を進めなければならない。そのためにも、お香に顔を知られている真之介や知世は柴本家に近づけない。

「今すぐ駆けつけて、白耀丸を助けだしてやりとうございます」

お犬姫と呼ばれる知世である。犬一四、ひそかにつれだすことなら朝飯前。でもそれをすれば、お香は追っ手に気づいて逃げてしまう。またもや盗賊を野に放つことになる。

「こらえてくれ。今度こそ一網打尽にせねばならぬ」

「わかっています。勝手なことはいたしません」

きっぱりといいながらも、知世は思案の目になった。

「お香は……わたくしが知っている香苗さまは、物腰の柔らかな、やさしいお人でした。仕草も言葉づかいもお武家の奥さまらしゅうて……」

土地を奪われて怨み骨髄《こつずい》、盗賊になったのはわかるとして、中野村の農家の女が武家言葉や仕草を完璧に身につけることなどできようか。

「御囲は二十九万坪余りもある。土地を奪われたのは農家だけではない。商家はむろん、代官や同心や、武士も住んでいたはずだ。御囲築造に駆りだされた者もいただろう。病、事故、過労、中にはお犬に咬まれて死んだ者もおったにちがいない」

「では、お香はお武家の出だというのですね。それならたしかに女頭領の立場にあるのもわかります。でも……こんなことをしてなんになるのか。怨みを晴らしたところで元の暮らしにもどれるわけではありません。仇討などしたところで……」

いいかけて、知世ははっと口をつぐむ。盗賊といっしょにするなと叱られるかもしれないが、仇討ということなら、真之介も赤穂の浪士たちも同様ではないか。怨みを晴らすために命を懸けようとしているのだから。

案の定、真之介は顔をゆがめた。

「いいたいことはわかる。おれにお香を裁く資格がないこともわかっている。だが、逆恨みでなんのかかわりもない人々やお犬が巻きこまれるのを、見過ごしにはできぬ」

「すみません。よけいなことを申しました」

「いいや。おれも、お香を捜しながら考えていた。仇が見つかり、対峙したら、おれはどうしたらよいのか、と。やみくもに命を奪う……それが希みなのか……」

「……すみません」

今度のすみませんは、お犬使いが石神井村にいると知りながら隠していることへの詫びだった。まだお犬使いの犬爺が真之介の仇だと決まったわけではないが、その可能性が大いにあることも、犬爺の本名が奥津要三郎であることも、いまだ伝えられずにいる。それが知世はうしろめたい。

「やめてくれ。お犬姫に謝られると、ますます自信がのうなってくる」

真之介は牛石をなでた。しばらく手をふれたままでいたのは、牛神様に問いかけていたのか。

お犬党が捕縛されて、白耀丸が無事に帰ってきますように……知世も牛石をなでた。もう一度なでながら、堀部のご隠居さまの一念が遂げられますように、とつづける。しばし逡巡したのちに手を合わせ、真之介さまが仇討を断念してくれますように、と祈った。

「お、また雪だ。よう降るのう」

真之介は羽織を脱いで、知世の頭にかぶせる。

三

火桶の上の鉄瓶がカンカンと音を立てている。白い湯気のむこうで、堀内先生とお静が笑っていた。笑っているのは、知世の弟の善次郎が饅頭を食べすぎて腹をこわした話がおかしいからで、何度も聞いているのに祖父と母まで相好をくずしている。

知世は、火桶のまわりに集って出来たての汁粉に舌鼓を打っている五人の顔を順番に眺めた。くったくのない笑顔は、この中に仇討をするほどの怨恨を抱く人間がいないせいだろう。戸外はとびきり寒いのに、ここは寒さ知らずだ。

「美味《うま》いのう。お犬姫のお母上の汁粉は絶品」

先生はおかわりを所望した。あらかじめ一杯だけと釘を刺されていた善次郎は、先生に羨望の目をむける。

「先生。稽古場へ行かなくてよいのですか」

「まあ、ようはないが、これを逃す手はなかろう。稽古は食うてから食うてから」

「来春は千駄木へお帰りになられるのですね。こうしてごいっしょに汁粉をいただくことも、のうなりますねえ」

お静がいつになくしんみりした口調でいったので、皆もいっせいに箸を止めた。

「千駄木は中野とちがってご府内《ふない》です。しょっちゅうおじゃまします。ねえ母さま」

「ええ。お汁粉ならいつでもおつくりいたしますよ」

「わしは毎日でも通うて参るぞ。鍛錬は欠かせぬゆえ」

「お祖父さまには負けません」

祖父と善次郎の器はもう空だ。

「白耀丸さまが見つかれば、千駄木へおつれできますのにね」

「そうそう、茶耳丸というたか。元気にしとるそうだ。妹宛の文に書いてあった」

「あら、鏑木萬太郎さまからですか」

知世がたずねると、皆の視線がいっせいにお静へそそがれる。

「あ、ええ、まあ……免許を皆伝されて、お弟子も増えたそうです」

「フン、近ごろは猫も杓子も免許皆伝か。いや、あやつは猪じゃった」

「お祖父さまったら」

皆が笑ったところで、知世はあッと庭を見る。

いつからそこにいたのか、真之介が立っていた。

「河合さまも、お汁粉がありますよ。どうぞこちらへ」

腰を上げかけた母は、中腰のまま動きを止めた。他の者たちも真之介のただならぬ様子に顔を見合わせる。真之介は挨拶をする余裕もないようだ。

「団欒のところ相すまぬが、お犬姫さまにお知らせしたきことが……少々よろしいか」

「お祖父さま、母さま……」

「うかごうておいでなさい」

母の許しを得て、知世は庭へ下りた。もしや白耀丸になにか……真之介の深刻な顔つきに、喉から心の臓が跳びだしそうだ。

真之介は皆に声が聞こえないよう、庭の片隅へ知世を誘導した。

「昨夜、騒ぎがあった」

昨夜未明、柴本家で、当主の鉄次郎が突然、錯乱して犬に斬りつけたという。家にいた者たちが駆けつけて取り押さえたものの、わめき暴れるばかりで手に負えず、縛り上げられて目付に引き渡された。

「お犬は……お犬たちは、斬り殺されたのですか」

「斬り殺されたものもいたようだが、くわしゅうはわからぬ」

「どうして、そんなことを……」

「たった今、細井さまの家の者が知らせてくださったのだ。ここにおってもわからぬゆえ、おれはこれから行ってみようとおもう」

「わたくしも参ります。いっしょにおつれください」

白耀丸が斬られたかもしれないというのに、じっとしてはいられない。

「ご隠居さまにもご同道を願おう。知世どのだけではお母上がお許しになるまい」

知世は家の中へもどり、母と祖父に話を伝えた。麻布御簞笥町で犬の死骸を掘りかえすという忌《い》まわしい経験をしたばかりだから、祖父も二つ返事でうなずく。

三人は本所の柴本家へ急いだ。

「さっきまでお汁粉を食べて笑っていたのに」

「苦楽は隣り合わせ、肝に銘じておくことじゃ」

それにしても、お犬党がいつ近隣でお犬騒ぎを起こすか盗みを働くかと案じながらも、それを機に捕縛するつもりでいた。ところがまんまと裏をかかれた。

「あらかじめ仕組まれていたなら、もう本所界隈にはいないはずだ」

真之介の危惧は当たっていた。

柴本家には、お香も、お香の仲間もいなかった。荒れ放題の庭の一隅に檻があり、その前にむしろが敷かれたままになっている。が、犬の亡骸は書院の上座の真新しい夜具の上にうやうやしく並べられていた。駆けつけた役人があわてて犬の安置場所を家の中へ移したのだろう。死んだ犬は三匹。

白耀丸の亡骸はなかった。

安堵すると同時に、知世は新たな不安にかられた。

「つれて行ったのですね。白耀丸はお香といっしょにいるのですね」

白耀丸にはまだ使い途がある、ということか。

細井の名を出したおかげで、真之介は御目付の配下から詳細を聞くことができた。

騒ぎの知らせをうけて御目付が駆けつけたとき、柴本家には古参の家臣数人とわずかな下僕や下女がいるだけだった。わが物顔にふるまっていた亡妻の従姉とその仲間は、騒ぎのあと恐れをなして出て行ってしまったそうで、当主の鉄次郎は手足を縛られたまま納戸に入れられていた。鉄次郎はまだ興奮冷めやらず、事情を問いただした御目付に、犬の幽霊に悩まされていたと訴えたという。

「お犬の幽霊ですってッ」

「夜毎《よごと》、足のない白いお犬があらわれ、煙のように消える。なにをされたわけではないが、お犬に先代のあやまちを責められているようで、このままでは地獄へ引きずりこまれるのではないかとおもいこみ、夜も眠れず、生きた心地がしなかったそうだ」

「先代のあやまち……責められるようなことが、なにかあったのですか」

「驚くなかれ。柴本家の先代は中野村の代官の一人だった。御囲築造の際、巧言で村人たちに立ち退きを承諾させ、その支度金をふところへ入れた。他にもいうことを聞かぬ者たちを讒訴《ざんそ》して入牢《じゅろう》させるなど、ずいぶん酷いことをしたらしい。さすがに悪評がひろまって御役を免ぜられ、小普請に落とされたが、公に罪を問われたわけではない」

「お犬党は、柴本家を隠れ処とするために利用したわけではなかったのですね」

柴本家こそが敵だった。お香は、またしても、見事に仇討をしてのけたのだ。

鉄次郎はどうなるのかと知世はたずねたが、真之介は答えなかった。答えを聞かなくても、真之介の顔を見ればわかる。あやまって犬一匹死なせても死罪になる昨今、たとえ気の病だとしても三匹を斬殺した科《とが》は計り知れない。切腹はまぬかれないだろう。

「またもや振り出しにもどってしまった」

真之介は肩を落とした。今度という今度は打ちのめされている。

「手掛かりがなくなってしまいました」

知世も全身から力がぬけてゆくようだった。

そんな二人とは対照的に、祖父の善右衛門は意気軒昂だった。お犬党の残虐な手口に心底憤り、それが活力となってわき上がってきたのかもしれない。

「手掛かりなら、あるぞ」

知世と真之介は同時に善右衛門を見た。

「白耀丸だ。お香が百麻呂に代わる白いお犬を捜していたのはたしかだろうが、なぜ白耀丸に目をつけたのか。白耀丸が、中野の犬小屋支配の娘のお犬だからだ。お犬姫が可愛がっているお犬だからだ。しかも、なぜか、堀内家に白い犬がいることを知っていた」

あッと二人は顔を見合わせる。

「さよう。お香はお犬姫を、わが家を、探っとったんじゃろう。以前からだれかに見張らせておったのやもしれぬ」

「なぜ、そんなことを……」

「お犬姫に顔を知られているからだ。そなたらに追われていると気づいたからだ」

堀内先生には弟子が数多いる。しょっちゅう人が出入りしていた。裏の離れに住んでいる森橋家のことを探ろうとおもえば、いくらでも方法はある。

「だから、わたくしが中野へ出かけて留守だということも知っていたのですね。わざわざ留守を狙って白耀丸を盗みだした……」

「すべて筒ぬけになっておったのなら、先を越されるのは当然だな」

「どこかでだれかがわたくしたちの話を聞いているとおもうとぞっとします」

「いやいや、そこが狙い目じゃよ」

祖父は得意げに小鼻をふくらませた。

「そうか。こっちから罠を仕掛けるのか」

真之介も打てば響くように応じる。

「わかりましたッ。驚かせて、あわてさせて、馬脚をあらわすよう、しむけるのですね。でもどうしたらそんなことが……」

お香を動揺させるためにはなにをすればよいのか。むこうからこちらへ接近させる、あるいは反撃させるためには。

「香苗の名で住んでいた家がまだ空き家になっている。お手先どもをつれて行き、今一度、大々的に家捜しをさせてはどうだろう。あの家で男が殺《あや》められた。まだ終わっていないと知らしめ、いかにも新たな手掛かりが見つかったかのようにおもわせるのだ」

「中野から知らせがとどいたことにしてはどうですか。お犬党は中野村の出身者の集まりだった、身許が明らかになった、そのことをわたくしたちがお上へ知らせようとしているとおもわせるのです」

「けんどん屋の女将や近所の衆、柴本家の下男下女など、お香の顔を見知っておる者たちを呼び集め、離れでこっそり御目付と面談させる、というのはどうじゃ。いや、本物の御目付でのうてもよいのだ。なんの密談か気になって、やつらは耳目をそばだてる」

どれもこれぞというほどの名案ではなかったが、お香がお犬姫に関心を寄せていて、真之介や知世の出方をうかがっているとしたら、見過ごしにはできないはずだ。追いつめられる前になにか次なる手を打とうとするのではないか。

「やってみるしかありませんね」

白い犬の噂を求めて江戸中を歩きまわっても、徒労になる可能性は大である。

「餌《えさ》に食いついてくれればよいのじゃが……いや、食いつくに決まっとる」

自信にみちた祖父の言葉に、知世と真之介も期待をこめてうなずいた。


「お犬姫さま宛ですよ」

お静が離れへ文をとどけにきたのは、師走も中旬に入った一日だった。近所の子供が持ってきたそうで、見知らぬ女に駄賃をもらって頼まれたという。

ここ数日、堀内家は離れを中心にざわざわと落ちつかない日がつづいていた。目明しが手下をつれてやってきたり、御囲から書付けらしきものがとどいたり……。

このときも知世は、祖父や真之介と額を寄せあい、お香の人相書を描いていた。お香を描くのはむずかしい。きわだった特徴がないからだ。人混みではだれも目に留めないだろう。それでいて目を合わせ言葉を交わせば忘れがたい印象を残す。それは、絵に描けないなにか、お香の中に人を虜《とりこ》にする力があるということだ。もっとも今は似ていようがいまいが関係なかった。人相書をばらまこうとしている事実が伝わればよい。

「お、食いついたか。おもうたとおりだ」

善右衛門は真っ先に手を伸ばした。三人は逸《はや》る胸を抑えて文を覗きこむ。

流麗な墨文字だった。文面は簡潔で、「白耀丸は石神井村の犬爺という者の家にいる。迎えに行くのはよいが他言無用。さもなくば白耀丸の命はない」と記されていた。

「犬爺？　妙な名だのう」

「石神井村といえば御囲の近くか」

祖父と真之介とはけげんな顔である。

知世は顔色を失っていた。これはお香の罠だ。が、それこそ望むところ、真之介はどうあっても石神井村へ行くにちがいない。行けば犬爺に会うことになる。もし犬爺が真之介の仇だったら……どうなるのか。

知世の狼狽《ろうばい》をよそに、祖父と真之介は早くも石神井村へおもむく算段をはじめていた。

四

底冷えのする寒さである。ざわざわと木枯らしが薄《すすき》の原を吹きぬける音にまじって、かすかに犬の声が聞こえている。

数日来の雪は昨日の未明に止んでいた。が、青梅街道は一面の雪景色である。秋に御本の姫と共にたどった道はすっかり様変わりして、あのとき前後を埋めつくしていたお犬駕籠も今はひとつも見えない。ときおり早馬や早飛脚があわただしく追いこしてゆく。

早朝、小石川の堀内家を出立した知世、祖父の善右衛門、真之介の三人は、笠に蓑《みの》、綿入りの足袋《たび》に甲掛け草鞋の足ごしらえというでたちで、黙々と西へむかっていた。なんとしても白耀丸を助けださなければならない。無事でいようか、一刻も早く会いたいと逸る心とは裏腹に、知世の足は次第に重くなる。

お香が白耀丸を引き渡すためだけに知世を石神井村へ誘いだしたとは、むろんおもえなかった。繁華な江戸、それも江戸屈指の剣術の使い手、堀内先生の目のとどくところではできないことも辺鄙《へんぴ》な村でならできる——そう考えたからこそ、おびきだすことにしたのだろう。なにを企んでいるにせよ、虎視眈々《こしたんたん》と待ちかまえているにちがいない。

覚悟はできていた。罠にかかったふりをしてお犬党を捕らえるにはどうしたらよいか、策は練ってある。それでも知世は、石神井村へ行くのが怖かった。お香との対決以上に、真之介と犬爺の対面が恐ろしい。

「顔色がわるいぞ。休もうか」

遅れがちな知世に、真之介はいたわりの目をむけた。

「気丈に見えても女子は女子、辛《つら》い役目に巻きこんでしもうたのう」

「いいえ、お祖父さま、お犬たちを悪事に利用するなんて許せません。それにお香ははじめからわたくしが目障《めざわ》りだったようですし……」

知世とお香——当時は香苗——が知り合ったきっかけは、知世が牛石に詣でた際、怪我をしていたお香を助けたことだった。それからしばらくは親しく行き来をしていた。けれど知世はあるとき、お香の双眸に殺意にも似た憎悪の色がよぎるのを見ている。そう。あのときも牛石に詣でていた。ふりむくなり凍りついた。が、一瞬にして消えたので、知世は見まちがいだとおもうことにした。

見まちがいではなかったのだ。お香は知世を憎んでいる。犬のために郷里を追われた女は、自分の土地へ乗りこんできた犬小屋支配の娘――お犬姫と呼ばれるほど犬の扱いに長《た》け、家族にかこまれて平穏に暮らしている知世――を苦しめることで、鬱憤を晴らそうとしているのではないか。

では、お香と犬爺のあいだには、どんなかかわりがあるのだろう。

もはや隠してはおけない。知世はくちびるを噛んだ。どのみちわかることである。

「河合さまもお祖父さまも聞いてください。もっと早くお話しすべきでしたが、あまりにいろいろなことがあったので機会を逸してしまいました」

秋に姫と御囲に来たとき石神井村を訪ね、犬爺に会ったと打ち明けると、祖父と真之介は驚きをあらわにした。気まずい沈黙が流れる。

「すみません。いえなかったのです。犬爺は姫さまのあやまちを見逃してくれました。不愛想で偏屈なお人ですが悪事を働くとはおもえず……。それに、犬爺は、捨麻呂どのの実父だと知って……」

祖父の足も真之介の足もぴたりと止まっていた。真之介は深く息を吸いこむ。

「犬爺とは何者だ。名を教えてくれ」

知世は追いつめられた。が、それも覚悟していたことだ。

「奥津要三郎」

真之介はなにもいわなかった。いわないことが衝撃の大きさを物語っている。

ややあって、真之介はつぶやいた。

「亡父の仇だ」

「なんとッ」

祖父は目をみはる。

「やっぱり、そうだったのですね」

予想はしていたものの、いざとなると動揺を隠せない。そんな知世に、真之介は非難の目をむけた。

「白耀丸のことがなければ、隠しとおすつもりだったのか」

「かもしれません。悩んでいました」

「おれが、これほど、仕官の口さえ断ってやつを捜していると知りながら」

「だからこそ、いえなかったのです。仇討をしてほしゅうないから」

「しなければ、おれの気持ちはおさまらぬ」

「おさまったからといってなんになるのですか。死んでしまえば元も子もありません」

「それはおれが決めることだ。他人の指図はうけぬ」

「他人ではありません。わたくしは、他人とは、おもうておりません。いやなのです、河合さまがいなくなるなんて」

夢中でいってしまって、知世ははっと口をつぐんだ。真之介も声を失っている。

まぁまぁまぁと祖父が二人のあいだに割って入った。

「ここでいいおうてもはじまらぬ。二人とも仇討のことはしばし忘れよ。今はお犬党を捕らえるのが先だ」

中野村を追われたお香たちに同情がないわけではなかった。とはいえ盗みを働き、人や犬を殺め、理不尽な怒りを募らせる者たちを見逃すわけにはいかない。

「よいか。仲間割れをしておっては端《はな》から負けじゃ。命がのうなっては仇討もできぬ」

祖父のいうとおりだった。二人はうなずき、目は合わせないものの堅固な足取りでふたたび街道を歩みはじめる。

鍋屋横丁まで来ると、奈良茶漬の店の前に人が群れているのが見えた。何事かあったようだが、わざわざたしかめに行く余裕はない。三人は三叉路から御囲へつづく脇道へ折れた。石神井道と交叉する辻へ出たところで足を止める。

「早まってはならぬぞ。人集めには時を要する。一刻《いっとき》はみてくれ」

祖父は事態を知世の父と兄に知らせ、助太刀を頼むために御囲へ直行することになっていた。知世と真之介はひと足先に犬爺の家へむかう。

あらかじめ決めたとおり、一行は二手に分かれた。

五

「犬爺と話をするのはわたくしにおまかせください」

石神井村へむかう道で、知世は真之介に念を押した。

「わかっておる。口は出さぬ。手出しもひかえよう。それより、やつらがいつどこで襲ってくるか、油断はならぬぞ」

といって、襲ってきてもらわなければ捕らえることもできない。命懸けの大勝負だが、知世は、お香が自分を一撃で仕留めるとはおもわなかった。それならこれまでも好機があったはずだ。お香の目的はお犬姫を苦しめること、お犬姫を苦しめることで犬小屋支配の父親を苦悶させ、家族を悲しませ、さらには御囲に騒動をもたらすこと——そう、お香がなにより望んでいるのは、御囲を混乱の渦に巻きこむことだろう。

ふいに、悪寒がした。

「河合さま。嫌な予感がします。わたくしたちが申し合わせたことは、もしかしたら、まちがっていたのかもしれません。お犬党はもっと大がかりな、恐ろしい騒動を起こそうとしているのかも」

「恐ろしい騒動……」

知世は青ざめた顔でうなずく。

「なにかはわかりませんが、御囲を混乱に陥れることです。わたくしたちを害したところで、御囲は痛くも痒《かゆ》くもありません」

「なるほど。さすがはお犬姫だ。しかしどういう企みかわからなければ阻止できぬぞ」

「ええ。なんとか探りだせればよいのですが……」

「その前に一網打尽にしてしまえばよいのだ。ご隠居の加勢を待とう」

祖父は御囲を熟知している。祖父の話を聞けば、父や兄は即座に人を集めて犬爺の屋敷を包囲するにちがいない。石神井村ならなにをしても逃げおおせるとお香は高をくくっているかもしれないが、御囲には数多の人が働いている。犬爺の家を蟻の這い出る隙もないほど厳重にとりかこむことも、数の上からいえば可能だ。

「われらの役目は、お犬党を一人残らず捕らえること」

「はい。おびきだされたふりをして、おびきだすのですね」

石神井道を右手へ折れれば犬爺の屋敷だ。二人はまず、屋敷の周囲をめぐって以前と変わったところがないことを確認した上で、門——といっても石柱が立っているだけの——から中へ入った。母屋までの道は雪が除かれていたが、畑地は積雪に覆われ、人影は見えない。

「むこうに見えるのがお犬の檻か」

「それにしては声がしませんね。雪を避けてどこかへ移したのかもしれません」

母屋の玄関で訪《おとな》いを入れると、前回と同じ賄い女が出てきた。

「あれまぁ、お江戸から、この雪道を……それは難儀にございましたねえ」

特に変わったことがあるようには見えない。家の中も静まりかえっていて、来客がいる様子はなかった。

知世が犬爺への面会を求めると、賄い女は上がって待つよう勧めた。犬爺は犬の様子を見に出かけているという。おもったとおり犬は檻ではなく小屋に集められているようだ。のんびり待ってはいられない。二人は小屋へ行ってみることにした。

「お犬党がいなければ大山鳴動して鼠一匹、とんだ無駄骨になってしまう」

「それはありません。わざわざ呼びだしたのです。必ずなにか仕掛けてくるはずです」

二人は凍った雪に足をとられながらも教えられた小屋へ急ぐ。

小屋は敷地の裏手に並んでいた。そのひとつは、姫と捨麻呂が別れのひと夜を過ごした小屋である。ということは、御囲のはずれ、未完成の御犬小屋につづく秘密の出入り口も近くにあるはずだ。

「お犬たちが小屋にいるなら、なぜ声がしないのでしょう」

数十匹いるなら、声が聞こえて当然だった。御囲の方角からは、こうしているあいだにもひっきりなしに犬の声が聞こえている。

真之介は答えなかった。不吉な考えが浮かんで身を凍らせていたために、声を出す余裕すらなかったのだろう。それとも、考えをそのまま口にすれば、知世が恐怖と怒りに駆られて冷静な判断を忘れてしまうとでもおもったか。

知世は気丈だった。くちびるを噛みしめ、いちばん手前の小屋の戸に掛け渡された心張棒をつかむ。

「待て。おれが……」

「いいえ。覚悟はできています」

二人はいっしょに心張棒を引きぬいた。

戸を細く開けて中を覗くと、木製の車輪のついた小さな荷車が多数、置かれていた。そのかたわらには松の枝と木屑の山、片隅には荒縄の束もある。

「なんに使うのかしら」

「わからんな。こんな小さな荷車では、なにを運ぶにせよ時間を食うだけだ」

二つ目、三つ目、さらに四つ目の小屋には犬がいた。わずかな養育費を手に入れるために、近年は御囲から犬を引き取って飼育する農家が増えた。といっても、元はといえば大半が野犬である。犬爺は、手に負えなくなった猛犬を農家から預かって飼育しているという。なるほど、大型で獰猛そうな犬ばかりだ。苛立っているのか、歩きまわったり威嚇しあったり、細く開いた戸口に気づいて跳びかかってこようとする犬もいた。

それなのに、どの犬も声を発しない。それもそのはず、口と鼻に竹で編んだ籠をすっぽりかぶせられているからだ。これでは水も飲めないから、空腹と渇きと、狭い小屋に押しこめられている鬱陶しさで、ますます苛立ちを募らせているのだろう。

「御簞笥町で埋められていたお犬たちも籠で口を封じられていた」

「そういえば犬爺は、自分で江戸へ野菜を売りに行くそうです」

帰りは肥樽《こえだる》を運んでくる。秘密裏に犬を江戸へ送り、またつれ帰ることも、犬爺ならできなくはない。

「白耀丸はどこにいるのか」

「犬爺らしき男もいないな」

少し離れたところに、もうひとつ、丸太小屋があった。白耀丸がそこに入れられているとすれば、やはり猿轡ならぬ籠をはめられているにちがいない。

可哀そうに、今、助けてあげますからね――。

逸る胸を抑えて、小屋へ駆けよる。指がふるえているので真之介に心張棒を引きぬいてもらい、知世は薄暗い小屋の中を覗きこんだ。

白耀丸はいなかった。

かわりに猿轡をはめられ荒縄でぐるぐる巻きにされた男が床にころがっていた。


その男がだれか、知世はひと目で気づいた。犬爺だと教えると真之介は息を吞み、射貫《いぬ》くような目で凝視する。双眸に憎悪の焔《ほのお》が燃えあがったようにも見えたが――。

「猿轡をはずしてやる。お犬姫から話を聞いてくれ」

知世に声をかけたときは冷静な顔にもどっていた。

二人は周囲に人がいないことをたしかめた上で小屋へ入った。真之介は犬爺の縛《いまし》めが偽りでないかをよくよく調べ、慎重に猿轡だけをはずした。犬爺は大きく息を吐き、はげしく咳《せ》きこむ。苦しげにあえぎながらも、なにが起こったかけんめいに理解しようとしているのか、知世と真之介の顔を見比べた。

知世は犬爺のかたわらににじりよる。

「以前、お会いしました。覚えていますか」

犬爺は眉間にシワを寄せたままうなずいた。

「ここに白耀丸、わたくしのお犬がいると聞いて迎えにきたのです」

なにがあったのですか、とたずねると、犬爺は目を泳がせた。頭を動かそうとして呻き声をもらしたのは、殴打《おうだ》された痛みがよみがえったのだろう。

「こっちが、教えて、もらいてえな」

犬の様子を見にきたら、犬がいたはずの小屋に小さな荷車だの松の枝や木屑の山だのといった使途不明なものが大量に積み上げられていた。いったいなんだと覗きこんだところまでしか覚えていないという。気がついたら芋虫《いもむし》のようにころがされていた。

だれか江戸から訪ねてこなかったかと訊いてみたが、犬爺は首を横にふった。

「うう、頭が……おっと、おまえさんの犬、というたか」

「はい。雪のように真っ白な犬です。大きさはこのくらいで……」

知世が両手を肩幅より心もち大きくひろげて見せると、犬爺はうなずいた。

「荷車のあった小屋におったはずだが……。数日前にわしが運んできた。さるお大名の愛犬ゆえ御囲には入れたくない、大切に飼育してほしいとお香のやつに拝まれての……」

「お香ッ」

「お香を知っているのかッ」

知世と真之介は同時に叫んだ。もちろんかかわりがあるのはわかっていたが、こんなに親しげに名前が出てくるとはおもいもしなかった。

犬爺もけげんな顔である。

「知っておるもなにも……中野村の代官の娘じゃからの。わしが尾羽《おは》打ち枯らして逃げこんだとき、お香の親父さんが親身に世話をしてくれた。だが同僚に欺《あざむ》かれ、不幸も重なり……ま、さようなことはどうでもよかろう。お香がなにをしとるか知らんが、頼まれて何度かお犬を運んだ。大名や御旗本の家宝も買うてやった」

知世と真之介は顔を見合わせた。

母屋には贅沢な品々が並んでいた。犬爺は本当に、お香たちがお犬党として江戸で悪事を働いている事実を知らなかったのか。利用されていただけなのか。少なくとも自分を殴って小屋へ放りこんだのがお香、もしくはお香の仲間だとはおもっていないようだ。

「もういいだろう、縄を解《ほど》いてくれんか」

真之介はまだ躊躇していた。知世をちらりと見たのは、今ここで問いただすことではないと承知していながらもなお訊かずにはいられない——その気持ちを伝えたかったのか。縄を解いてしまえば、真相を知る機会はこないかもしれない。

「今ひとつ、たずねる。正直に答えれば解いてやる」

「なんだ」

「おぬしは、お犬をけしかけて某家の用人を襲わせた。用人は犬を斬って死罪となった。当主は切腹、某家も改易。かほどに非道なまねをしたのは、なにゆえだ」

しばし沈黙が流れた。犬爺は幽霊でも見るように真之介の顔を眺めている。

「いわねば、斬る」

「河合さまッ。おやめくださいッ」

「河合……だと」犬爺は眉をひそめた。「そうか。おぬしは河合与左衛門《よざえもん》の……わかった、斬るがよい。なにゆえ早う参らぬかとしびれを切らしておったんじゃ」

「おれは、わけを、訊いている」

「いいとうない。斬れッ」

「河合さまッ。犬爺どのも。今はいい争うているときではありません」

知世が二人を鎮めようとしたときだ。バタンと大きな音と共に戸が閉まった。あッと声をあげて真之介は戸口へ駆けよる。外から心張棒が下ろされたようで、押し開けようとしても戸はびくともしない。あれほど用心していたのに、つい犬爺との話に夢中になって油断をしてしまった。忍び足で近づいてきた何者かに気づかなかったのだ。

「すまぬ。おれのせいだ」

真之介は苦渋の色を浮かべた。

「はじめからわかっていたことです。まもなく御囲から皆が駆けつけます」

知世が気丈にいうと、犬爺が「しッ」と二人を制した。小屋の周囲で物音が聞こえる。

バサッバサッという音は藁《わら》でも積み上げているのか。

「火を点《つ》ける気やもしれんな。小屋ごと丸焼きにしようというのだろう」

「まさか……」

知世は真之介を見た。真之介もこわばった顔をしている。

「心配はいらぬ。すぐに助けが……」

「来るものか。御囲は今、上を下への大騒ぎだ」

「なんだと？」

「江戸で大事があった。知らせを聞いて御囲も大騒動になった。あっちでもこっちでも快哉を叫んで酒を食らう、物をこわす、お犬が逃げだした小屋もあるそうで、役人どもが青くなって駆けまわっておるそうな。さっき倅《せがれ》が知らせにきた」

真之介は犬爺の胸倉をつかんだ。

「大事とはなんだ。江戸で、なにがあった」

「く、苦しい。縄を解いてくれ」

真之介は犬爺の縛めを解いた。犬爺はあぐらをかいて息をととのえ、両手足をさする。痛々しい姿ではあったが、爺というほどの年齢ではなさそうだ。

「さあ、いいだろう。なにがあったか話せ」

「昨夜、赤穂浅野家のご浪士衆が吉良さまのお屋敷へ討ち入った」

天が落ちてきた、といわれても、これほど驚きはしなかったろう。いつか――近々――仇討をするだろうとはおもっていた。が、よもや江戸市中で、旗本屋敷へ、徒党を組んで討ち入るなど、そんな大それたことをしようとは……。絶句している知世をよそに、真之介はなおも問いただした。

「吉良の首は、とったのか。浪士たちはどうなった。捕らわれたか」

「わしにわかるか。しかし御囲の衆が快哉を叫んでおるということは、首尾よういったのではないか。ともあれ、混乱の最中だ、人集めは容易ではないぞ。助っ人なんぞ、いつになったらあらわれるか」

祖父もさぞや仰天したにちがいない。よりによって自分が江戸を留守にしているあいだに仇討が決行されてしまったのだ。知世は不運に憤って地団太を踏んでいる祖父の姿が見えるようだった。祖父は波立つ胸を鎮めて父や兄を捜したはずだ。会えたのか。話はできたのか。人を集めて石神井村へ駆けつけることが、予定どおりの速さでできようか。

真之介も声を失っている。

「だれがなにを企んでおるか知らんが、わしらは運を天にまかせて待つしかない。ま、わしにとっては同じだ。お犬党とやらの手にかかるか、おぬしの手にかかるか」

「おぬしの首などもうどうでもよいわ。こんなところに骨を埋めるわけにはいかぬ。おれはどうなってもよいが、お犬姫だけはなんとしても……」

どこかに逃げ道がないか探ろうというのだろう、真之介は小屋を隅々まで念入りに調べはじめた。知世も真之介にならって壁を叩き、背伸びをしたりうずくまったりしながら、せめて外が見える隙間がないか探しまわる。犬爺だけは悠然とあぐらをかいたまま、互いに励まし合って苦境から脱しようとする男女を眺めていた。

「わしらも、助け合うて、暮らしていた」

犬爺は唐突にしゃべりはじめた。

「貧しゅうて、着物ひとつ買うてやれず、苦労ばかりかけたが、女房はひと言も愚痴をいわなんだ」

犬爺の思い出話につきあっているときではない。知世も真之介も聞き流そうとしたが、犬爺の声はそれを許さなかった。

「万事上手《うま》くいっとったのだ、あやつが女房を……女房を手籠《てご》めにするまでは」

知世ははっと犬爺を見る。犬爺は手のひらで顔をなでまわしていた。やり場のないなにかをけんめいに拭い去ろうとでもいうように。

「金原彦太夫《かねはらひこだゆう》めは女房に懸想をして手籠めにした。女房はそのことを恥じて自害した。なのになぜ、あのケダモノだけがのうのうと生きのびるのだ」

今や真之介も犬爺を見つめている。

「それで犬をけしかけたのか。己の手で罰を下すために」

「だれもが、おぬしの父親までが、彦太夫の言い訳を信じたのだぞ。お犬使いの女房は淫乱だと世間は嘲笑《あざわろ》うた。わしになにができる？　彦太夫のような人徳者でとおっておるケダモノに……」

犬が人を襲った一件では、犬爺ら数人が犬の管理不行き届きを責められて召し放ちになった。が、これは不運な事故とみなされたので、命までは奪われなかった。それでも犬爺は、だれかが不審をいいたてて自分を捕らえにくる、とりわけ河合与左衛門は切腹の前に抗議をするにちがいないと考えた。幼い捨麻呂を越智家の門前に置き去りにしたのは、愛息に累《るい》がおよばぬようにとの親心だった。ところが、これは後になって知ったことだが、河合与左衛門は抗議ひとつせず、従容として死んでいったという。

「用人の嘘に、河合さまは薄々感づいておられたのやもしれぬ」

犬爺が犬を使って仇討を果たしたことは、断じて許されぬ非道である。が、そのことで犬爺と捨麻呂父子が失ったものもまた、計り知れないほど大きかった。

「おれは……おれは……」

真之介は苦悶している。だがその苦悶も長くはつづかなかった。

いきなり戸が開いた、人が投げこまれた。

「捨麻呂ッ。どうしたッ。大丈夫かッ」

ボロ布さながら倒れこんだ捨麻呂に跳びついて、犬爺は抱き起こそうとする。

「死んじゃいないよ。気を失ってるだけさ。あたしはこう見えて義理堅いからね。あんたには犬爺、世話になった。倅と一緒にあの世へ送ってやる」

お香だ。お香が戸口をふさぐように立っている。

「お香、おめえ、なぜこんなことをッ」

「畜生ッ。やはりおまえの仕業だったかッ」

犬爺と真之介は同時に叫んだ。が、知世は表情を変えなかった。静かに立ち上がって、お香とむきあう。

「香苗さま、でしたね。死にとうはありませんが、わたくしも河合さまとご一緒に死ねるなら幸せだとおもうことにいたします。だって、この世ではそえない宿命《さだめ》なのですもの。おやさしい香苗さまはきっと、わたくしのお犬を可愛がってくださるでしょう。どうぞ、皆を一緒に旅立たせてください」

あっけにとられている真之介と犬爺とは裏腹に、お香の顔が引きつり、見る見る朱に染まった。双眸に苛立ちの色が浮かぶ。

「野犬猛犬狂犬、そうやってみんな手なずけちまう。いい子ぶって……そういうとこががまんならないのさ。決めた。すぐには殺《や》らない。殺るもんか。そうだ、おまえにも見せてやろう、お犬姫なら手を叩いてよろこぶ。冥途《めいど》の土産にこれ以上のものはないからね」

お香は一変、喜色を浮かべた。背後にひかえる男たちに、知世と真之介を縛り上げて小屋から出すよう命じる。男の一人が松明《たいまつ》をかかげ、小屋の外に積み上げた藁に火を点けるぞと脅しているのを見れば、知世も真之介もおとなしく縛《ばく》につくしかなかった。

いったいなにがはじまるのか。お香を動揺させるため、平静をよそおって見せたものの、知世は恐ろしさのあまり腹の中の物を吐きそうだった。祖父はまだか。一刻も早く駆けつけてほしいが、追っ手だと気づかれれば小屋を燃やされてしまう。それも恐ろしい。

「さあ、こっちだよ。お犬たちの討ち入りだ。晴れ舞台をとっくりと眺めるんだね。お犬姫さまのお犬さまには、いちばんに華《はな》をもたせてやろうじゃないか」

お香が知世と真之介をつれて行ったのは、捨麻呂が使っていたという御囲への秘密の出入り口だった。今や戸が開かれ、雪も除かれているそこには、お犬党の男たち十余人が待機していた。が、知世と真之介の目が吸いよせられたのは、出入り口のかたわらの、にわか仕立ての柵の中に集められている多数の犬だった。

白耀丸もいる。百麻呂もいた。

それだけではない。小屋にあった小さな荷車も運ばれていた。しかも各々の先端には荒縄がとりつけられ、荷台の箱には藁や枝が積まれている。犬の数とほぼ同じ数が用意されているということは――。

お犬の、討ち入り。

犬たちは燃え盛る荷車を引かされて次々に御囲へ放たれる。駆けまわるだけで御囲は火の海になる。荒縄に燃え移った焔はむろん、犬自身も火だるまにしてしまう。

これこそ御囲と犬たちへの――犬にかかわるすべての者たちへの――残虐きわまりない仇討ではないか。阿鼻叫喚《あびきょうかん》の地獄が眼裏に浮かんだその刹那、知世は絶叫していた。

もし知世が、小屋の中にいたときの犬たちのように口と鼻を覆う籠で猿轡をはめられていたら――絶叫しようにもできなかったとしたら――阿鼻叫喚の地獄は現実になっていたにちがいない。

知世の声に、耳をそばだてたものがいた。

白耀丸だ。

栄《は》えある最初の生贄《いけにえ》に選ばれた白耀丸は、まさにこのとき、荷車を引くための荒縄を首にかけられようとしていた。従順な犬である。犬の身ではそれがどんな結末をもたらすかわかろうはずもない。命じられるがままに焔の車ともども御囲へ駆けこんでいたにちがいない。

けれど白耀丸は、犬ならではの鋭敏な五感で、耳にとびこんできた声の中にあふれる恐怖や絶望、救いを求める響きを察知した。そしてその声が、自分の命を救い、愛おしんで飼育してくれたお犬姫のものであることも……。

白耀丸は耳を立て鼻をひくつかせて声のしたほうを見た。と、おもうや、すさまじい勢いで地を蹴った。白光を孕《はら》んだ一陣の風のごとく、知世のもとへ駆けてゆく。

縄をかけようとしていた男がまだなにが起こったかわからずにいるあいだに、もう一匹、百麻呂があとにつづいた。こちらは犬とはおもえぬ巨体である。白耀丸に遅れまじと柵の内外にいる男たちをなぎ倒し蹴散らして、一目散に知世のもとへ突進する。

「なにをしてるッ。早う捕らえよッ」

お香が金切り声をあげた。が、不意打ちを食わされてお犬党の面々は右往左往するばかり。ようやく一人が柵を閉じたときは、犬爺に飼われていた——大半が凶暴で飼育しにくい——犬の半数ほどが柵の外へとびだしていた。

「捕らえよッ。捕らえよッ。馬鹿者ッ、ぐずぐずするな」

お香に叱咤されても、勢いづいた犬を素手で捕らえるのは容易ではない。

一方、知世は身をかがめ、地面に膝をついて、足元へ駆けてきた白耀丸と涙の再会を果たした。縛めのために両手が使えないので頬をすりよせる。

「ああ、白耀丸、無事でよかった。どんなに会いたかったか。百麻呂も、さァ、おいで。おまえたちはわたくしを助けにきてくれたのですね」

白耀丸が知世の涙を舐めた。百麻呂は激しく吠えかかって、知世と真之介を引きたててきた男たちを遠ざけてしまった。

この日のために計画を練りあげ、周到に準備をしてきたお香は、完璧だったはずのお犬の討ち入りに水をさされてすっかり逆上している。

「火を点けよ。犬どもを御囲へ。ええい、だれぞ、早う……」

犬を追いまわしている男たちでは埒《らち》が明かないので、お香は自ら知世と真之介の息の根を止めようとした。せめて地獄への道づれにしようというのか。

お香の目論見はまたしても犬に阻まれた。白耀丸と百麻呂、他にも数匹の犬が知世と真之介をとりかこんで、小太刀をふりあげたお香に吠えかかる。とりわけ牙をむき、唸り声をあげて身がまえる百麻呂には近づくことさえできない。いよいよ自棄になったか、すでに気がふれていたのか、お香は犬を捕らえようとしていた男から松明をひったくり、百麻呂に投げつけようとした。

そのときだ。御囲内のざわめきとはちがう喧噪が、さっきまで知世たちが閉じこめられていた小屋のあたりから聞こえてきた。と、同時に火の手があがる。

「あッ、犬爺と捨麻呂がッ」

真之介の動転したさまに知世の血の気も失せた。だがそこへ、ピーッと笛の音がした。つづいて犬爺の声が……。

「丸焼きなんぞにされてたまるかい」

「お香さん。仇討はお終いだ。お香さんの親父さまだって、もう十分だといってるよ」

今度は捨麻呂の声。二人はどこにいるのか。

父子は、柵のところで犬の群れにかこまれていた。さすがお犬使いだけあって、一瞬にして犬たちを呼び集め、手妻のように柵の内へ追いこんでしまう。もう一人、落ちつきはらった顔で犬たちを眺めている者がいた。あの、賄い女だ。ということは、女が犬爺と捨麻呂を小屋から助けだしたのか。

お香もお犬党の男たちももはや退散するしかなかった。小屋のほうからは知世の父が率いる追っ手が迫っている。となれば御囲へ逃げこむしかない。

逃亡劇は、そこまでだった。

「まったく手のやけるやつらだ。お犬を怨むのはお門違いと、なぜ、わからぬのか」

知世の祖父、善右衛門が行く手をふさいでいた。祖父は片手をあげる。得意満面、背後に従う犬小屋支配の武士たちに「かかれーッ」と声をかけた。

六

年が改まった元禄十六年二月四日、赤穂浅野家の浪士四十七人は切腹して果てた。

前年十二月十四日の夜半に吉良邸へ討ち入り、吉良上野介の首級《しるし》をあげたあの騒動以来、浪士たちは大名家四家にそれぞれお預けの身となっていた。艱難辛苦にたえて果敢に主君の仇を討った浪士、いや、今や義士たちの人気は高まる一方で、助命されるのではないかとの噂もあっただけに、全員が切腹という非情な沙汰には知世一家や堀内先生、お静、先生の弟子たちも皆、無念の涙にくれた。

堀部のご隠居さまも、もう、この世にはいらっしゃらないのですね。あの不破数右衛門さまも、けんどん屋でお見かけした子葉さんも――。

俳諧の師匠・其角をとおして顔見知りになった子葉が実は大高源吾《おおたかげんご》という赤穂浪士だったと知ったときは、あきも母もたいそう驚いていたものだ。四十七人もの浪士たちが各々に偽名を使い、商人や医師などに身をやつして江戸の町々に潜伏していた。仇討へのすさまじい執念に、知世はただ茫然とするばかりだ。

知世にとってなにより忘れがたいのは、はじめて出会ったときの弥兵衛老人の穏やかで飄然としたたたずまいである。あれは小石川へやってきて間もないころだった。椿の実の話をしたとき、だれが老人の壮絶な最期をおもいえがいたか。

白耀丸との出会いをつくってくれたのも弥兵衛老人だった。赤穂浅野家の下屋敷へおもむいて白耀丸と子犬たちの世話をしていたまさにそのとき、殿中での刃傷という悲劇の幕が切って落とされたのだ。

中野から移り住んで二年半――。

長いようで短いその間に、知世はいくつもの仇討にかかわったことになる。赤穂浪士たち、お香の盗賊お犬党、鏑木萬太郎、そして河合真之介と犬爺の一件も……。

これは、単なる偶然だろうか。

今日は満開になるか、明日はなるかと胸をときめかせながら桜の木を見上げる季節がやってきた。知世は真之介と牛坂を歩いていた。牛天神に詣でた帰りだ。

「このあたりは大昔、入江だったそうだ。海がそこまで迫っていたらしい」

真之介は足を止めて、水戸家の広大な屋敷のあたりに腕をひろげた。

「源頼朝公がここから船で東国へ出陣したと、お静さまからうかがいました。入江の松に船をつないで凪《なぎ》を待っているあいだに夢をごらんになった。菅原道真公の化身といわれる神牛があらわれて、ふたつの吉兆があると教えたと……」

「すなわち御子の頼家公誕生と平氏討伐、頼朝公はふたつの吉事がつづき、正夢になったことを寿《ことほ》いで社殿を寄進した」

「ええ。そのとき腰かけていらした石が牛石、牛神様ですね。願いの叶う……」

二人は折りにふれて手を合わせてきた。待ち合わせにも、相談事や今後の手筈など話し合うときも、牛石のところ、と決めていた。

その牛石の置かれた上り口へむかって、ゆっくり坂を下りてゆく。

「頼朝公は猜疑心が強かった。夢が叶うて親の仇討……平氏討伐を成し遂げたが、一方で異母弟の義経《よしつね》に取って代わられるのを恐れて成敗してしまった。自身も道半ばで落馬して急死しているし、御子の頼家公に至っては、わずか二十三で弟に将軍位を奪われ、幽閉されたあげく殺められている」

真之介は、源氏と平氏の戦い、平氏の栄枯盛衰、頼朝の波瀾に満ちた生涯を語った。

「おれは内心、牛石などなでても願いは叶わぬ、とおもっていた」

「今はどうですか」

「おもったとおり、仇討は叶わなんだが……」

石神井村の犬爺の家でお犬党が全員捕縛されたあと、犬爺は真之介に仇討をしろとけしかけた。自分は亡き妻の仇討をしたつもりだったが、かかわりのないはずの人々まで不幸に陥れてしまった。真之介が亡父の仇を討つのも至極当然、だからよろこんで討たれようと犬爺は覚悟のほどを述べた。

真之介は首を横にふった。犬爺を討てば、今度は自分が捨麻呂の仇になる。たとえ捨麻呂が仇討を望まぬとしても、かかわりのない捨麻呂まで悲しませることになるだろう。それではお香がお犬を怨むのと同じ——というのが、真之介の到達した結論だ。

知世と真之介は、白耀丸をつれて江戸へ帰った。

「気が変わったことを恥じてはいない。堀部のご隠居だったら、武士たる者、志を曲げるとはなにごとかとお怒りになられようが……」

「さようでしょうか。堀内先生はご浪士がたこそ武士の誉れ、こんなに誇らしいことはない、などと上機嫌に話しておられますが、お静さまによると、寂しゅうて悲しゅうて人知れず涙を流されることもおありだとか……。鏑木さまの災難をおもいだすのでしょう、お静さまなど、仇討は百害あって一利なし、ときっぱりいうておられます」

「それぞれにお立場があり、また仇討というてもひとつにはくくれぬ。だがおれは、これでよかったとおもっている。願いが叶わなくて」

「わたくしもうれしゅうございます。これで安心して、千駄木へ帰れます」

二人は牛石の前へ来ていた。いつものように手を合わせる。

「おや、叶わぬ、といいながら、また願を掛けるのですか」

「牛神様は不信心者にとうに愛想をつかしておられようが、もういっぺん、そう、今度こそ真剣に願うてみようとおもうのだ。これだけはぜひとも叶えてほしい願いゆえ……」

「まあ、どんな願いでしょう」

「それは……いや、やめておこう」

真之介は知世の視線をさけておもむろに身をかがめ、心をこめて牛石をなでた。

「仕官の話が決まったら真っ先に知らせに行く。そのとき教えてやる」

「では千駄木で、お待ちしています」

二人はなおもしばらく牛石のそばにいた。これまでなんでも話し合ってきたのに、話すことは山ほどあるはずなのに、心地よい沈黙の中、黙って牛石を見つめている。

堀内家の門前に森橋家の家族が勢ぞろいしていた。知世、母、祖父、弟、中野の御囲を立ち退いてきた父と兄、それに白耀丸を入れたお犬駕籠も……。

これから千駄木へ出立するところだ。

堀内先生と弟子たちが見送りに出ていた。弟子の中には河合真之介もいる。

「あら、お静さまはどこかしら」

知世が左右を見まわしたとき、お静が下女を従えて小走りに駆けてきた。

「さあ、これを。ほらほら、たんとありますよ」

お静と下女が抱えているのは経木に包まれたにぎり飯だ。それも山ほど。

「千駄木はすぐそこじゃ。長旅でもあるまいし、なにを大仰な」

「お祖父さまッ、またよけいなことを」

知世は祖父をにらんだ。もっともこれが祖父なりの挨拶であることは、お静の目が笑っていることからもわかる。

「お静さま。なにからなにまでお心づかい、ありがとう存じます」

母は深々と辞儀をした。

知世と善次郎が包みをうけとる。

「こちらこそ愉しゅうございました。短いあいだでしたが、ほんにいろいろなことがありましたねえ。それもこれもお犬姫さまがいらしたからこそ」

お静がいえば堀内先生も、

「わが家の庭でお犬を飼うとはおもわなんだわ。正直、こいつはたまらんと頭を抱えたものだが、いなくなると聞けばそれも寂しゅうて……」

人並みはずれて頑丈な体格をした兄妹が、二人ながら似たように目をうるませているのがおかしくも哀しい。

「先生にはご迷惑をおかけしたそうで……娘はお犬のこととなるとむきになるゆえ」

「そこがお犬姫のよきところ」

「しかし、そのせいか、いまだに貰い手がない」

「父さまッ」

頰をふくらませた知世を見て、一同は和やかな笑い声をあげる。

「さて、行くか」

一行は出立した。

千駄木は、安藤坂を北へ行き、伝通院と白山権現、目赤不動をこえた先だ。

真之介は安藤坂の下までついてきた。

坂の手前で知世はふりむく。真之介のまなざしと、その背後を彩る竜門寺門前町の家並み、そして、春霞たなびく牛天神の小高い丘を、くっきりとまぶたに刻みつけた。

解説

巨大な犬小屋があった綱吉の時代

安藤優一郎

本作は元禄時代の江戸を舞台にした時代小説であり、小難しい歴史の知識などなくても楽しめる。しかし、その時代の雰囲気を知っておけば、諸田玲子さんが描き出す世界の魅力に読者はもっと浸れるだろう。以下、お犬姫が活躍した元禄時代の雰囲気を知る上での予備知識をご紹介したい。

生類憐みの令が出された社会背景

時は五代将軍徳川綱吉の時代である。その治世は約三十年にもわたったが、半分以上は元禄という元号であり、元禄は綱吉の時代の代名詞となった。元禄文化と総称される華やかな文化が開花したというイメージも強いが、今なお語り継がれる出来事が起きた時代でもあった。

赤穂浪士の討ち入りはその象徴のような事件だが、生類憐みの令も犬公方という綱吉のイメージを決定付けてしまうほどのインパクトを社会に与えた。

綱吉は生まれながらの将軍ではなく、分家（館林《たてばやし》徳川家）から徳川宗家を継いだ最初の将軍である。四代将軍の兄家綱に跡継ぎがいなかったため、末弟ながら徳川宗家の当主に迎えられて将軍職を継承する。

大名から将軍の座にのぼったため、みずからの権威を高めることに熱心だった。同列だった大名に落ち度があると改易《かいえき》などの厳罰を積極的に行い、震え上がらせる。

さらに、館林時代からの側近を重用して幕政を主導していた老中たちを抑え込む。側用人に抜擢した柳沢吉保《よしやす》はその代表格であり、綱吉の意向が幕政に忠実に反映されるよう老中たちの前に立ち塞がるが、反発は避けられなかった。後世、綱吉や吉保の悪評が広まる背景にもなる。個性の強い将軍であるがゆえに、幕府内部や社会から反発を受け、悪評が流布していく。

綱吉はカリスマ性を持とうとする一方で、儒学という中国伝来の学問の影響を強く受け、情け深い政治つまり仁政を施す君主でありたい意思が極めて旺盛な将軍でもあった。その一環として、あらゆる生類を大切にする社会を作ろうと目指しており、貞享《じょうきょう》二年（一六八五）から発せられた生類憐みの令もそんな仁政の一つだった。

生類憐みの令とは戦国以来の殺伐とした社会の気風を改めることを意図した施策であった。綱吉が厚く信仰した仏教の影響も強かった。

ところが、生類なかでも犬の愛護を事細かく求めたことで、庶民の負担が諸々重くなる。綱吉の意図とは裏腹に、庶民にしてみると仁政どころではなくなってしまったのである。

犬小屋の設置に追い込まれた幕府

幕府が江戸の町に命じた犬の愛護の方法とは次のとおりである。

犬が大八車や牛車に轢《ひ》き殺されないようにせよ。犬の喧嘩は水を掛けて引き分けよ。往還に痩せた犬がいれば餌を与えて養育せよ。犬同士が喧嘩していたら犬医師のもとに連れていき、診察を受けさせた上で薬を貰い養育せよ。ただし薬代は自弁。江戸市中のすべての飼い犬の数や毛色などを帳簿（毛付帳）に記載することも命じたが、これは犬の愛護を徹底するための管理システムの構築を意味した。

本作でも赤穂藩の江戸屋敷内で犬が主役の事件が起きているが、江戸の大名屋敷側では幕府の指令を受けて次のような対応を取った。仙台藩伊達家の事例だが、屋敷内の飼い犬は門外に出さない。門内に入ってくる犬を追い払ってはいけない。ただし、町人がわざと犬を屋敷内に入れることもあるので門番の者は気を付けよ。

門番が幕府の命令を遵守しすぎて犬を余りに大事にしてしまうと、町人が屋敷の中に犬を入れる可能性があるので、その辺りは弁《わきま》えよと注意を促したのだ。飼育を厄介に思い、犬を屋敷内に捨ててしまう事例がみられたようである。

しかし、犬の愛護を実現するため規制を設ければ設けるほど、庶民は後難を恐れるようになり、飼育に後ろ向きとなる。幕府は犬を傷付けた者に厳罰を科したが、これもまた逆効果となるだけだった。捨てられる犬が増える結果となり、規制だけでは捨てられた犬の養育が実現できない現実を思い知らされる。

止《や》むなく、幕府はみずから犬の養育にあたることになった。犬の収容施設つまり犬小屋を造ったのである。最初の犬小屋は、武州多摩郡世田谷《せたがや》領喜多見《きたみ》村(現東京都世田谷区)に設けられた。

喜多見の犬小屋では主に病気の犬や子犬が収容されており、犬を療養・養育するための施設としての性格が強かった。重病の犬には、朝夕の御飯と一緒に焼き魚あるいは味噌汁と一緒に煮た魚を食べさせた。魚の種類はアジ、サヨリ、キス、スバシリなど。元気のない犬には鰹節を食べさせることになっていた。

中野犬小屋を支えた町人と農民

しかし、喜多見村の犬小屋は中野の犬小屋に比べれば規模が小さく、収容し切れなくなるのは時間の問題であった。江戸から二十キロ近くも離れており、江戸から犬を送り届けるだけで大変だったはずだ。

よって、元禄八年（一六九五）に喜多見村よりもはるかに近い大久保・四谷（現新宿区）そして中野村（現中野区）で広大な土地を確保して犬小屋を新設し、多くの犬を収容できるようにした。これにより、保護の対象を病気の犬や子犬だけでなく野犬にまで広げることが可能となる。捨てられた犬が野犬化する事例が多かったことへの対応でもあった。

四谷の犬小屋は約二万五千坪、大久保の小屋は一万八九二八坪余、中野の犬小屋は当初十六万坪の規模だったが、幕府としては四谷と大久保の犬小屋は一時的なもので、中野の犬小屋に一本化する予定であった。同十年（一六九七）には、犬小屋と周辺道路を含めると二十九万坪にまで拡張される。そして十万匹以上の野犬が収容された。

当然ながら犬小屋の建設費はもちろん、その維持費も莫大だった。そのため、江戸の町からは費用を徴収し、江戸近郊農村からも「犬扶持」の名目で米や金銭を徴収したが、全くの不評だったのは言うまでもない。

さらに、中野村周辺の農村には「御犬養育金」を支給して犬を預けた。中野の犬小屋は拡張したものの、これにしても実は一時的な処置であり、犬小屋に収容した犬を農村に預けていく計画であった。その後、犬小屋は規模を縮小する予定だった。

しかし、犬の養育を命じられた村にとっては迷惑この上なかった。養育金は一匹あたり月に銀二匁《もんめ》五分《ぶ》、年間で一両の半分の金二分に過ぎなかった。一両が現在の十万円としても五万円であり、これだけでは食費など犬の飼育に要する諸々の経費などとても賄えなかっただろう(根崎光男『生類憐みの世界』同成社)。

犬の愛護に関する微細にわたる規制、犬小屋の運営費の負担は人々を苦しめた。幕府への不満が高まるのは避けられなかった。

赤穂浪士討ち入りが喝采を浴びた理由

そうした最中の元禄十四年(一七〇一)三月十四日、播州赤穂藩主浅野内匠頭長矩《たくみのかみながのり》が高家《こう》肝煎《けきもいり》の吉良《きら》上野介義央《こうずけのすけよしひさ》に対し、江戸城本丸御殿の松の廊下で刃傷に及んだ。幕府は浅野を即日切腹、赤穂藩を御取り潰し、かたや吉良は御咎《おとが》めなしとの裁決を下すが、これは喧嘩両成敗という慣例に反する処置であり、赤穂藩側としては承服し兼ねる判断だった。

翌十五年(一七〇二)十二月十四日、赤穂浪士は本所の吉良邸に討ち入り、吉良の首級をあげ泉岳寺の亡君墓前に供えた。この衝撃的な事件に江戸庶民は大いに関心を寄せ、主君の仇討ちに成功した浪士を義士として褒め称えたが、この討ち入りとは吉良を御咎めなしとした幕府への異議申し立てに他ならなかった。

すなわち、生類憐みの令に代表される幕府の政策への不満が追い風となる形で、自分に代わって幕府に討ち入りという形で異論を唱えた浪士たちを拍手喝采したのである。

犬小屋の設置にしても、犬の養育費を徴収された町人や農民だけが不満を抱いたのではない。先祖伝来の土地を犬小屋の土地として取り上げられた農民の不満はもっと大きかったはずだ。本作において香苗が盗賊お犬党の首領となったのも、幕府に異議を申し立てたい気持ちからだったろう。

赤穂浪士の討ち入りから七年後にあたる宝永六年（一七〇九）、綱吉は麻疹《はしか》に罹《かか》って死去する。甥の家宣《いえのぶ》が六代将軍となると、人々に不評だった生類憐みの令は廃止された。これにより、中野村に造られた犬小屋は取り払われて農地に戻る。犬小屋の跡地の一部は、八代将軍吉宗の時代に桃の木が植えられ、桃園と呼ばれた観光名所として生まれ変わる。その花見の様子は「桃園春興」として『江戸名所図会』にまで描かれるほどだった。

しかし、収容されていた十万匹以上の犬はその後どうなったのか。はっきりとしたことは何も分かっていない。犬たちは歴史の闇に消えて行ってしまったが、お犬姫はどうなったのか。犬小屋支配ではなくなったはずの森橋家は代々の御鷹御犬索に戻ったのか。中野の犬小屋が消えた後のお犬姫の活躍も知りたいところである。

（あんどう　ゆういちろう／歴史家）

初出　『婦人公論』二〇一六年九月二十七日号〜二〇一八年二月十三日号連載

『元禄お犬姫』　二〇一八年五月　中央公論新社刊

中公文庫

元禄《げんろく》お犬姫《いぬひめ》

2021年5月25日　初版発行

著　者　諸《もろ》田《た》玲《れい》子《こ》

発行者　松田陽三

発行所　中央公論新社
〒100-8152　東京都千代田区大手町1-7-1
電話　販売　03-5299-1730　編集　03-5299-1890
URL http://www.chuko.co.jp/

ＤＴＰ　ハンズ・ミケ
印　刷　大日本印刷
製　本　大日本印刷

Published by CHUOKORON-SHINSHA, INC.
Printed in Japan　ISBN978-4-12-207071-4 C1193

中公文庫既刊より

各書目の下段の数字はＩＳＢＮコードです。978－4－12が省略してあります。

も-26-1
恋ほおずき
諸田玲子
浅草田原町の女医者。恋の痛みを癒すため、時には堕胎を施すこともある彼女は、あろうことか女医者を取り締まる同心との恋に落ちてしまう。〈解説〉縄田一男
204710-5

も-26-2
美女いくさ
諸田玲子
信長の気性をうけつぎ「女弾正忠」と称された小督は、愛する夫と引き裂かれながらも、将軍家御台所として、戦国の世を逞しく生き抜く。〈解説〉中江有里
205360-1

も-26-3
花見ぬひまの
諸田玲子
幕末の嵐の中で、赤穂浪士討ち入りの陰で、女たちは生命を燃やした。高杉晋作の愛人おうの、二人を匿った野村望東尼……儚くも激しく、時代の流れに咲いた七つの恋。
206190-3

あ-59-4
一路（上）
浅田次郎
父の死により江戸から国元に帰参した小野寺一路は、参勤道中御供頭のお役目を仰せつかる。家伝の行軍録を唯一の手がかりに、いざ江戸見参の道中へ！
206100-2

あ-59-5
一路（下）
浅田次郎
蒔坂左京大夫一行の前に、中山道の難所、御家乗っ取りの企てなど難題が降りかかる。果たして、行列は期日通りに江戸へ到着できるのか――。〈解説〉檀　ふみ
206101-9

あ-59-7
新装版　お腹召しませ
浅田次郎
幕末期、変革の波に翻弄される武士の悲哀を描く傑作時代短編集。書き下ろしエッセイを特別収録。司馬遼太郎賞・中央公論文芸賞受賞作。〈解説〉橋本五郎
206916-9

あ-83-1
闇医者おゑん秘録帖
あさのあつこ
「闇医者」おゑんが住む、竹林のしもた屋。江戸の女たちにとって、そこは最後の駆け込み寺だった――。女たちの再生の物語。〈解説〉吉田伸子
206202-3

各書目の下段の数字はISBNコードです。978-4-12が省略してあります。

き-37-2
よこまち余話
木内　昇
ここは、「この世」の境が溶け出す場所——ある秘密を抱えた路地を舞台に、お針子の齣江と長屋の住人たちが繰り広げる、追憶とはじまりの物語。
206734-9

す-25-33
江戸の雷神
鈴木英治
その勇猛さで「江戸の雷神」と呼ばれる火付盗賊改役の伊香雷蔵は、府内を騒がす辻斬り、押し込み、盗賊らを追うが……。痛快時代小説シリーズ開幕！
206658-8

は-72-1
常世《とこよ》の勇者　信長の十一日間
早見　俊
桶狭間から一年後。隣国・美濃との盟約に執着する織田信長。そのとき何が身に起こったのか。天下布武を決意するまでの十一日間を描く。〈解説〉縄田一男
206361-7

は-72-2
最後の名裁き　大岡越前ふたたび
早見　俊
老境に達したかつての名奉行と、評定所の若き留役。かけ離れた境遇の二人が、藩主押し込めに端を発した、老中による御家乗っ取りの陰謀と対決。書き下ろし。
206638-0

は-72-3
御蔵入改事件帳
早見　俊
元長崎奉行の荻生但馬は、幕府の新役である御蔵入改方頭取を拝命した。町奉行所や火付盗賊改が取り上げない訴えや未解決事件を探索するため、江戸を奔る！
206842-1

は-72-4
魔王の黒幕　信長と光秀
早見　俊
一向一揆の撫で斬り、比叡山焼き討ち、荒木村重一族の皆殺し——魔王の如き織田信長の所業の陰には、明智光秀の存在が。彼の狙いは一体？〈解説〉細谷正充
206911-4

は-72-5
御蔵入改事件帳　見返り橋
早見　俊
江戸の未解決事件はおれたちに任せろ！　訳あって長崎奉行を罷免された荻生但馬が、新役の御蔵入改方頭取に。個性豊かな五人組が悪を討つ。文庫書き下ろし。
206980-0

は-72-6
御蔵入改事件帳　世直し酒
早見　俊
御蔵入改の紅一点・お紺は、大坂生まれのすり「猿寅のおっちゃん」から、曰く付きの財布をすってしまったと相談を受け……（表題作）。文庫書き下ろし。
207048-6